新时期以来
宁夏小说的审美流变研究
（1978—2024）

张一博　著

东南大学出版社
SOUTHEAST UNIVERSITY PRESS
·南京·

图书在版编目（CIP）数据

新时期以来宁夏小说的审美流变研究 ：1978—2024 /
张一博著. --南京 ：东南大学出版社，2025. 8.
ISBN 978-7-5766-1297-4

Ⅰ. I207.42

中国国家版本馆 CIP 数据核字第 2025PK4785 号

责任编辑：褚婧　　责任校对：子雪莲　　封面设计：余武莉　　责任印制：周荣虎

新时期以来宁夏小说的审美流变研究(1978—2024)
XINSHIQI YILAI NINGXIA XIAOSHUO DE SHENMEI LIUBIAN YANJIU (1978—
2024)

著　　者：张一博
出版发行：东南大学出版社
出 版 人：白云飞
社　　址：南京市四牌楼 2 号　邮编：210096　电话：025-83793330
网　　址：http://www. seupress. com
经　　销：全国各地新华书店
排　　版：南京布克文化发展有限公司
印　　刷：广东虎彩云印刷有限公司
开　　本：700 mm×1000 mm　1/16
印　　张：9
字　　数：150 千
版 印 次：2025 年 8 月第 1 版第 1 次印刷
书　　号：ISBN 978-7-5766-1297-4
定　　价：68. 00 元

本社图书如有印装质量问题,请直接与营销部联系(电话：025-83791830)

序一

宁夏回族自治区文学艺术界联合会主席、作家协会主席　郭文斌

一博同学是我们宁夏作家协会大家庭中的一分子。2018年,他在北方民族大学攻读硕士研究生学位期间,就一直致力于对宁夏文学的跟踪批评与研究,并在自治区内外大大小小的刊物上发表了不少相关文章。及至到了山东师范大学文学院读博,他仍然没有丝毫放弃对宁夏文坛的持续性关注,这一点让我甚为感动。众所周知,如今高校的审核机制愈发严格,对博士生的考核尤甚。而一博同学恰是在这种极为严苛的考核形势下,继续坚持撰写、发表关涉宁夏文学的一系列文章,更加难能可贵。

言归正传,该书是他在硕士论文的基础之上反复地增补删减而成的,也是他这几年对宁夏文学思考的结晶。虽然其中有些审美判断仍然稍显稚嫩与青涩,但是对于一个正在成长中的年轻学者而言,已实属不易了。这本著作的出版无疑在前人既有的研究成果基础上,又尝试性地做了一次进一步的助推工作,考虑到这还是一个"95后"新人的最新成果,则更加令人振奋与感喟!当纵览宁夏文学研究的系列成果时,不难发现,其中尤以宁夏小说的批评与研究成果最为醒目与突出,这是因为小说是宁夏作家们普遍钟爱的体裁。因此,与之相关的学术著作不胜枚举,并在学界相继引起了较大的反响。坦率地说,这样一来,宁夏小说的研究空间变得相对不那么丰富了。然而当我拿到这本书稿时,惊讶与欣喜之情都是难以轻易遮掩的。该书尝试从审美流变的角度切入新时期以来的宁夏小说,对46年来宁夏小说创作中美学意愿和审美情志的演变做出了较为清晰的洞察,这无疑在具有学术开创性的同时,也有着种种难以言说的挑战性。它不仅需要研究者对宁夏文学生态有着长期观察的切身体验,还要求本人必须具备一定的理论素养。当然,秉持着客观公正的心态去审视研究对象对研究者

也是极具考验的。所幸,作为一个年轻学者,一博同学是基本达到了既定要求的。

　　未来的学术道路还很漫长,其中也势必充满了不足为外人道的种种艰辛与困惑,希望一博同学可以戒骄戒躁,以此书作为一个重要的学术起点,将来在当代宁夏文学批评与研究的道路上可以走得更加稳健与踏实!在此我也衷心地祝福这些年轻学者们,祝愿他们的"学术天空"更加辽阔!

2024 年 9 月 2 日于银川

序二

宁夏大学教授、硕士研究生导师　任淑媛

　　学术界比较关注的应该还是理论创新问题，尤其是美学理论问题。一博做了一个不太好诠释的理论话题的阐释研究，且讨论流变，就意味着讨论的主体本身具备一定可观的学科发展意义、讨论的文本具备一定的美学新质素、讨论的问题有流变发展的可能性。从一博的研究来看，新时期以来的宁夏小说审美有讨论的必要和更为重要的发展空间，这是一个挑战，也是会常谈常新的问题。随着美学理论的不断建设，随着一博研究视域的不断拓展，这个问题也势必会深化到新时期以来宁夏小说的审美流变上来。

　　一博对新时期以来宁夏小说的美学表征有三个方面的发现，都是难能可贵的。一是有关传统与现代。新时期以来的宁夏小说在美学方面一直是在传统与现代之间拉扯，我更愿意将其归为古典与现代。一博有意识地将讨论的核心以及主要的关注点放在了21世纪以后，笔者认为这是一种策略。二是有关城乡二元问题，这是21世纪初非常明显的一个社会问题，大多数作家都在写二元对立问题，而宁夏作家在这一方面的处理带有深切的乡土情结和古意，这一点一博抓得很准确。三是梳理清楚新时期以来，尤其是21世纪宁夏小说审美流变的具体表现，条分缕析，写得较为扎实。一博认为宁夏小说的审美意识在继承传统的基础上，受到时代情感和信息化的影响，形成了关注地域文化和坚守纯净灵魂的现代审美意识。大多数小说通过主人公的挣扎与成长，展现了坚韧与乐观，流露出温暖、素朴与诗意的意蕴。宁夏小说的审美主题丰富多样，反映了传统文化与现代文明的交融以及城乡对峙下的个体命运。在审美表达上，宁夏小说展现了地理与民俗意象的流变以及传统与现代写作手法的交融，形成了独特的审美特质。宁夏作家通过书写移民搬迁与脱贫攻坚等事件，深入探讨个体命运与精神世界，展现时代变革对小人物的影响，这些把握切中肯綮。

宁夏小说的美学风格确实有着显著的变化，正如一博考察出来的，在审美意识方面，确实有演变的问题，在审美主题和表达方式方面也可以说是流变，这个判断还是比较准确的。而难以诠释之处在于，宁夏作家的小说创作分期和个性化非常明显，不太好总体归纳，且每一位作家对写作的接受情况也非常复杂，不好归类。一博在处理这个问题上，还是比较睿智的。他抓住几个作家的代表性作品展开讨论，这样就有效地阐释主要的思想和美学特征，即抓主要特征。当然这样的考虑，也难免无法深刻地讨论每位作家写作背后的思想动因，同时该书稍显重视21世纪以来的审美特征，对于20世纪末宁夏作家写作的整体历史背景阐释相对较弱，对于改革开放带来的思想解放、市场经济的影响、全球化与本土化的冲突与融合等问题对作家写作和美学思想的变化，阐释深度还不够。

一博从审美的角度考察新时期以来宁夏小说创作流变，无疑是将宁夏文学的境界置于一个很高的艺术层面，同时这个考察，可以令一博也趁势思考新时期以来我国小说的整体审美流变，从而开阔观照视野，以便发现新的研究生发点。从一博近来关注到叶广芩、叶梅、金仁顺、梅卓、马金莲、了一容、冶进海、郭乔、马骏等作家情况看，他明显在研究作家的代际、审美、地域等方面有了很大突破，并在美学流变的思想史讨论、新时代大众文艺的讨论、民族文化心理的讨论等方面都明显更加深入，能够建构一些具体学理的讨论空间，对学术界作出一些创见和新见。当然选择一个不太好诠释的理论话题进行阐释，这需要志气和坚持。

2025年2月1日于银川

序三

北方民族大学副教授、硕士研究生导师　马慧茹

在一博同学的最新著作《新时期以来宁夏小说的审美流变研究(1978—2024)》即将出版之际,我作为他的硕士研究生导师,为他感到一种由衷的欣喜,同时又欣慰于他多年来的坚持与理想终有回报。回想一博同学初入北方民族大学攻读中国少数民族语言文学专业的硕士研究生学位时,他也屡次为未来的研究方向深感困惑与迷惘,彼时我亦尚未清晰地洞察出其日后对当代宁夏文学批评与研究的持续性关注与丰沛的热情。在模糊的印象中,他在学有余力之时还在"外研社"主办的全国英语写作大赛中荣获省级二等奖,并在各类校、院级活动主持等方面,均表现出一种十分活跃的姿态。在三年的读研生活中,他全方位的锻炼发展皆有力地证明了他是一位聪明、上进又执着的青年学子,而恰是这种不畏困阻、拼搏进取的昂扬斗志有效地贯穿在了他的学术生涯中,使他取得了一定的成绩,让人感喟!

在漫长且崎岖坎坷的学术成长道路上,一博同学走得实属不易,一路摸索、一路探求,随之而来的所有成绩无不来自他那份年轻人所特有的执着和学术激情。从刚开始着手学术论文的写作之时,一博同学就已经检索并阅读了与研究选题相关的大量学术文献,而且难能可贵的是,他每每有所心得便有效地形成小论文,其间也经常与我反复地讨论交流。我建议他从身边熟悉的环境与作家开始观察,并结合其文学作品撰写相关评论。彼时也恰逢宁夏文学面临又一次的创作热潮,他在短期内品读了石舒清、马金莲、阿舍、张学东、了一容等作家的作品后,边读边写,似乎在小说与学术之间成功地找到了属于他的一条"通道"。此后,对于小说评论、散文评析、诗歌鉴赏他总能很快拿出许多文章跟我交流。我惊叹于他的快速成长与

积极投入,在此过程中,他的思考时刻处于非常活跃的状态,和我们学位点的各位老师也频繁地交流、"取经"。

该著作是他在硕士论文的基础上几经增删而成,且结合了他在读博期间关于宁夏文学的一些重新思考。对于一个在河南出生、成长起来的"95后"年轻学者而言,能够对宁夏文学始终抱有热忱实属难得!我非常期待一博同学未来的学术道路,祝愿他一切顺遂!

2024 年 12 月 2 日于银川

目录
CONTENTS

绪论

新时期以来,宁夏作家积极创作出具备多元审美品质的文学作品,在当代文坛产生一定影响,逐渐引起学界关注。本书通过深度开掘宁夏小说内蕴的丰厚人文精神价值与独特审美理念,在已有研究成果基础上,助力宁夏小说的美学研究,试图填补其审美研究层面的空白。本书立足于新时期以来的宁夏小说,深入探究其审美流变规律,尝试归纳宁夏小说的审美研究范式,以期全面把握审美流变形态,从审美意识、审美主题、审美表达三个维度展开研究。

本书主体分为三章。第一章着重从审美意识的流变特质切入,通过全面系统地梳理新时期以来宁夏小说的发展脉络,从传统与现代两个方面探察其整体审美意识的生成与表现,并结合生成缘由,洞察审美意识生成的复杂因素,进而对渐次嬗变的审美意识有较为清晰的掌控。第二章从审美主题的流变规律入手,从历时性与共时性两个向度切入,即传统与现代的分野、乡村与都市的对峙,探究宁夏小说审美主题转向的全貌,既站在宏观高度审视宁夏小说,又紧贴宁夏小说内部肌理,多维考察审美主题变化过程的图景。第三章细分为审美意象与写作手法的流变,通过全面立体地探析不同时期宁夏小说审美表达的迥异呈现方式,发现其审美表达策略随时代变革发生的细微变化,体现出鲜活多样的审美文化景观。

本书多角度解读新时期以来宁夏小说审美转变的整体趋势,进而展现宁夏小说多维的审美视野,发现其丰厚的审美文化内涵。同时,通过梳理其审美风格与特点的变化轨迹,揭示其流变规律,拓展小说创作的审美视野与思维。

一、研究缘由与背景

新时期以来,宁夏的小说创作呈现出一种"井喷式"效应,其中张贤亮、石舒清、李进祥、张学东、马金莲、阿舍、季栋梁、冶进海、漠月、郭文斌、马慧娟、计虹等作家在文坛上相对活跃,他们都在宁夏这片肥沃土地上精心耕耘自己的文学家园,并以各自的话语方式在文本中建构不同的文学景观,呈现迥异的审美质素,流露出独特地域的诗性文化色彩,给予读者新奇的阅读体验。本书中的"新时期以来"特指改革开放以后,即从1978年至今,1978年之前的宁夏小说则不在本书的研讨范围之内。

宁夏是一个多民族聚居的地方,多种文化样式相互碰撞交融,呈现出宁夏地域文学既丰富又别致的景观,作家的小说创作均体现出民族文化心理指引下共同的美学追求与人文情怀,把本民族文化基因渗透到中华民族传统文化肌理中,把地域文化融入到整体社会环境中,是作家文学创作的重要精神旨归。宁夏小说往往揭示出各民族文学在宁夏这片大地上的深厚交融性,彰显出中华文化深厚的圆融性。作家们通过小说这种文学形式打造中华民族命运共同体,昭示宁夏小说日益呈现多民族特色的审美格调,彰显其特异魅力,打造出"特色宁夏美学品牌",为宁夏文学走出中国、迈向世界积聚力量,"宁夏文学"这一现象正逐步获得学界关注。

"他们把创作之根深深扎进祖祖辈辈所生存过的西北黄土地,在父老乡亲悲欢离合生死歌哭故事的真切讲述当中,认真描画着真情流贯的西北乡土社会的生活画卷;他们用各自并不相同的艺术彩笔,将广阔的西北边远之地的自然风光、社会风情、宗教氛围逐一呈现,从而构成了审美化了的西北风情图。"①这为以后宁夏作家的小说创作提供了非常好的范本。

宁夏小说普遍有着纯粹深厚、恬静幽远等多元的审美品格,蕴含着丰厚的情感浓度,其从创作主题到审美价值,能全方位满足大众的精神需求,究其深层原因,"除去独特的民族和地域风格之外,有一个重要原因是少数民族文学能在反映某些边缘化的社会生活时,通过清新自然的语言,深刻地揭示当代社会精神层面的内容,具有唤起人们深藏内心一直忽视的那些人生观、价值观(如善良、平和、勇敢、敬畏等)的强大作用。"②

---

① 郎伟.巨大的翅膀和可能的高度:"宁夏青年作家群"的创作困扰[J].宁夏社会科学,2017(3):240-246.

② 马慧茹.当代回族作家文学创作中的文化认同[D].西安:陕西师范大学,2015.

同时,在创作中,宁夏作家能够与时俱进,立足于时代,扎根于生活,并精于运用审美文化符号更好地传达民族情感,谱写出一曲曲民族的赞歌,他们"深入当下生活的表里,探寻历史和乡土文化的精神命脉,创造着具有当下生活情色和民族审美品质的文艺作品"①。因此,每当沉浸在宁夏作家倾心打造的乡土世界或都市景观中,总是不自觉地惊叹于作家内心世界的丰富性,感叹宁夏这片土壤何以孕育出如此众多的优秀作家。本书就在前期研究成果的基础上,继续加大文本阅读、夯实理论基础、完善理论话语、增强文本阐释能力,以期助益宁夏小说在审美层面的进一步研究。

二、研究现状与热点

在宁夏小说取得丰硕成果的背后,也蕴藏着丰富的研究空间,目前国内的相关研究成果斐然,通过回顾与整理新时期以来宁夏小说的相关学术成果,理清相关研究概况,发现了宁夏小说新的潜在生长点,以下是对国内相关研究成果的梳理。

就国内的相关研究状况而言,以乡土书写、苦难书写、底层书写、女性书写、伦理书写、传统文化书写、民俗书写为研究对象的论著在宁夏小说整体性研究中所占比重较大。如赵刘昆等人的《新时期宁夏乡土小说研究——以郭文斌、马金莲为中心》②,尤作勇的《生命的探寻与守护——论石舒清的乡土书写》③,李伟的《论 1990 年代以来西部乡土小说中的伦理书写》④,马晓雁的《绽放在记忆枝头的童性之花——郭文斌乡土小说创作特质论》⑤,郑鹏飞的《当代乡土文学"劳动"叙事的新面影——以石舒清本世

---

① 李生滨. 丝路塞上:宁夏文学 60 年综论[J]. 丝绸之路,2019(4):58-77.
② 赵刘昆,张淑媛,邓馨雁. 新时期宁夏乡土小说研究:以郭文斌、马金莲为中心[J]. 文化学刊,2019(9):83-86.
③ 尤作勇. 生命的探寻与守护:论石舒清的乡土书写[J]. 当代作家评论,2016(6):157-161.
④ 李伟. 论 1990 年代以来西部乡土小说中的伦理书写[D]. 济南:山东大学,2015.
⑤ 马晓雁. 绽放在记忆枝头的童性之花:郭文斌乡土小说创作特质论[D]. 兰州:兰州大学,2011.

纪初的小说创作为中心》[①]，鲜丽珠的《苦焦土地上人生与岁月的书写——宁夏青年作家"三棵树"小说研究》[②]，杨秀明的《"微生物"视角下的西海固——论石舒清短篇小说中的乡土叙事》[③]，李亮、王瑞的《论石舒清与中国现代乡土小说的关系》[④]等"乡土书写"研究论著成果共计 89 篇；海晓红的《乡村女性的人生困局——论马金莲小说中的女性生存状态》[⑤]，杨慧娟的《想象与进入世界的多重维度——新世纪以来宁夏女作家小说创作观察》[⑥]，刘姣的《新世纪以来宁夏女作家的小说创作》[⑦]，田秀平、王东梅的《张贤亮小说中的女性悲情探源》[⑧]，何振苓、赵静的《从女神到女奴的命运写照——浅析张贤亮小说中的女性形象》[⑨]，马梅萍的《西海固精神的负载者——论石舒清笔下的女人》[⑩]等"女性书写"研究论著成果共计 74 篇；苏金玲的《浅析石舒清〈清水里的刀子〉中的文化底蕴》[⑪]，白草的《论张贤亮笔下的四个回族人物形象》[⑫]等"传统文化"研究论著成果共计 67 篇；杨雅芬的《马金莲小说中的苦难书写研究》[⑬]，刘鑫的《张贤亮小说的饥荒叙事研

---

① 郑鹏飞.当代乡土文学"劳动"叙事的新面影：以石舒清本世纪初的小说创作为中心[J].宁夏师范学院学报,2016,37(4):45-50.

② 鲜丽珠.苦焦土地上人生与岁月的书写：宁夏青年作家"三棵树"小说研究[D].延安：延安大学,2013.

③ 杨秀明."微生物"视角下的西海固：论石舒清短篇小说中的乡土叙事[J].新文学评论,2015,4(2):83-89,148.

④ 李亮,王瑞.论石舒清与中国现代乡土小说的关系[J].红河学院学报,2013,11(4):97-100.

⑤ 海晓红.乡村女性的人生困局：论马金莲小说中的女性生存状态[J].北方民族大学学报（哲学社会科学版）,2019(4):143-148.

⑥ 杨慧娟.想象与进入世界的多重维度：新世纪以来宁夏女作家小说创作观察[J].宁夏社会科学,2019(6):203-210.

⑦ 刘姣.新世纪以来宁夏女作家的小说创作[D].银川：宁夏大学,2014.

⑧ 田秀平,王东梅.张贤亮小说中的女性悲情探源[J].北华航天工业学院学报,2015,25(1):44-46.

⑨ 何振苓,赵静.从女神到女奴的命运写照：浅析张贤亮小说中的女性形象[J].延安职业技术学院学报,2015,29(4):87-88.

⑩ 马梅萍.西海固精神的负载者：论石舒清笔下的女人[J].民族文学研究,2011(6):96-102.

⑪ 苏金玲.浅析石舒清《清水里的刀子》中的文化底蕴[J].文学教育(下),2017(10):32-33.

⑫ 白草.论张贤亮笔下的四个回族人物形象[J].宁夏社会科学,1999(2):99-103.

⑬ 杨雅芬.马金莲小说中的苦难书写研究[D].长春：东北师范大学,2019.

究》①等"苦难叙事"研究论著成果共计 66 篇；张红的《论张贤亮小说的叙事伦理问题》②等"伦理书写"研究论著成果共计 45 篇。

而以语言风格、儿童叙事、美学意蕴、都市书写为研究对象的论著在宁夏小说整体性研究中相对欠缺。伴随现代化浪潮的飞速席卷，城市化进程日益加快，小说中新型都市民俗事项频频跃入读者视野，诸如故事、歌谣等口头民俗，服饰、饮食、建筑等物质民俗，婚丧嫁娶、节令等风俗民俗。同时，小说文本中乡村地域空间向都市地域空间逐渐推进与转移的趋势日渐明显，作家对乡土社会的一再回望与坚守启动"乡愁美学"的生成机制，流露新奇的审美情调。小说中传统民俗与现代民俗事项的差异性均促进民俗审美流变的生成，这些元素皆构成新时期宁夏小说审美流变研究的生发点，但是，以此为对象的研究论文却十分欠缺。

如曾鸣的《郭文斌小说的语言风格研究》③，雷丽霞的《从张贤亮小说中的方言透视地域文化特色——以〈绿化树〉和〈男人的一半是女人〉为例》④，胡有燕的《石舒清小说中的方言现象研究》⑤等"语言风格"研究论著成果共计 39 篇；张存霞的《暖性的叙述与智性的转向——马金莲〈数星星的孩子〉析论》⑥，吕颖、王红丽的《西海固、疙瘩梁与〈数星星的孩子〉》⑦等"儿童叙事"研究论著成果共计 32 篇；李生滨、田燕的《审美批评与个案研究：当代宁夏文学论稿》⑧，周静静的《论张贤亮小说章永璘系列形象的审美特性》⑨，

① 刘鑫. 张贤亮小说的饥荒叙事研究[D]. 青岛：青岛大学，2017.
② 张红. 论张贤亮小说的叙事伦理问题[D]. 重庆：重庆师范大学，2018.
③ 曾鸣. 郭文斌小说的语言风格研究[D]. 银川：宁夏大学，2014.
④ 雷丽霞. 从张贤亮小说中的方言透视地域文化特色：以《绿化树》和《男人的一半是女人》为例[J]. 济南职业学院学报，2017(4)：115-117.
⑤ 胡有燕. 石舒清小说中的方言现象研究[D]. 银川：宁夏大学，2015.
⑥ 张存霞. 暖性的叙述与智性的转向：马金莲《数星星的孩子》析论[J]. 宁夏师范学院学报，2018,39(9)：36-38.
⑦ 吕颖，王红丽. 西海固、疙瘩梁与《数星星的孩子》[J]. 博览群书，2018(8)：120-122.
⑧ 李生滨，田燕. 审美批评与个案研究：当代宁夏文学论稿[M]. 银川：阳光出版社，2016.
⑨ 周静静. 论张贤亮小说章永璘系列形象的审美特性[J]. 合肥工业大学学报(社会科学版)，2017,31(3)：74-78.

左文强的《荒凉大地上的细腻与绚烂——浅谈石舒清〈花开时节〉中的美学意蕴》[①],王阳阳的《论石舒清〈清水里的刀子〉之诗意审美艺术效果》[②],李可的《石舒清小说美学特征论》[③],梁造禄的《壮美,来源于生命消亡之中——试析〈清水里的刀子〉一文的主旨及审美特征》[④]等"美学意蕴"研究论著成果共计 29 篇;张贺的《宁夏中短篇小说的乡土言说与城市书写(2000—2013)》[⑤]等"都市书写"研究论著成果共计 20 篇。

综上所述,新时期以来宁夏小说的研究成果集中在乡土书写、苦难书写、底层书写、女性书写、伦理书写、传统文化、民俗叙事上,而对宁夏小说审美底蕴的深度挖掘稍显薄弱,较大部分又为单个作品的个案研究,并不具有代表性。同时,大多分布在零散的期刊杂志上,较难搜集,代表性著作只有李生滨、田燕的《审美批评与个案研究:当代宁夏文学论稿》,其他论著虽也涉及以审美的眼光来观照宁夏小说,但只作为论著的一个章节来谈及,所占的比重相对较少,没有进行全面系统的梳理,相对于宁夏小说蓬勃的发展态势与其较丰富的阐释空间而言,似乎是不太匹配的,这是宁夏小说研究的遗憾。因此,对宁夏小说审美流变维度上的研究存在较大空白,整体研究的话语范型还不够健全,有着充分的阐释空间。

鉴于此,本书在前人研究成果基础上,通过深入系统地整理和研究,尝试从多维角度重新阐释宁夏小说文本内在审美文化价值,旨在拓宽宁夏文学的研究视野,深挖宁夏小说内蕴的丰厚人文精神价值,逐渐掌握其审美流变的规律,加大宁夏文学在我国当代文坛中的话语权,在开阔的文学视域中推动宁夏多民族文学和谐共生。

---

① 左文强.荒凉大地上的细腻与绚烂:浅谈石舒清《花开时节》中的美学意蕴[J].名作欣赏,2018(14):64-65.

② 王阳阳.论石舒清《清水里的刀子》之诗意审美艺术效果[J].宁夏师范学院学报,2016,37(1):97-100,136.

③ 李可.石舒清小说美学特征论[D].西安:陕西师范大学,2018.

④ 梁造禄.壮美,来源于生命消亡之中:试析《清水里的刀子》一文的主旨及审美特征[J].名作欣赏,2003(3):45-47.

⑤ 张贺.宁夏中短篇小说的乡土言说与城市书写(2000—2013)[D].银川:宁夏大学,2015.

鉴于宁夏作家群体的壮大,本书只选取部分作家的小说为重点研究对象,即以张贤亮、李进祥、张学东、郭文斌、马金莲、查舜、漠月、火仲舫、季栋梁、石舒清、了一容、阿舍、平原、曹海英、冶进海、鲁兴华、董永红、郭乔、马悦、瑶草等作家的小说文本为主要关注对象,尝试对新时期以来宁夏小说审美嬗变的整体规律进行较为系统且全面的把握。当然,审美嬗变本身比较复杂,因为新时期以来的传统宁夏小说与现代宁夏小说之间的时间界限比较模糊,难以精准划分,再加上它们本身就是前后相续的关系,因此,传统宁夏小说与现代宁夏小说在审美意识、审美主题与审美表达上存在重叠的现象,即同一个作家在前后期的小说创作中体现出相同的审美追求。或因生活体验、价值取向等因素的差异,不同作家的小说创作在同一时期也会呈现多重面相,对其审美嬗变风貌的整体把握就比较棘手。本书只立足于新时期以来迄今为止发表的宁夏小说文本,尝试厘清不同时期小说的精神向度与艺术追求的嬗变轨迹,对演变的历史与文化背景进行了比较全面立体的探研,进而整体把握宁夏小说的审美流变规律。

三、研究意义与目的

新时期以来,宁夏作家创作出各具特质的小说作品,文本流露出鲜明的地域特色、民族特色与时代特色,为宁夏文坛注入了一股新鲜的血液,共同助推了宁夏文学的快速发展,也一度促进了中国当代文学的整体繁荣,呈现出一派欣欣向荣的文学景观。宁夏文学作为中国文学不可分割的一部分,早已深深融汇于中华民族大家庭的文化发展潮流,重要性日益凸显,宁夏多民族作家小说创作时刻推动中国当代文学的整体发展进程。"一间大厦自需有它的钢筋和铁骨,但也需要灵动的风景。"①因此,本书把宁夏的当代小说创作作为一个范本加以研究,通过回顾与梳理新时期以来宁夏小说的创

---

① 杨慧娟.想象与进入世界的多重维度:新世纪以来宁夏女作家小说创作观察[J].宁夏社会科学,2019(6):203-210.

作概况,进一步厘清其审美流变的全过程,发掘出宁夏小说在创作中新的潜在生长点,并就其研究趋势作出进一步展望,希望对以后的研究有所助力。

本书以新时期以来宁夏小说的文本作为论证的主要基石,从多个维度发掘宁夏小说内隐与外显审美意蕴的流变,探析审美意象在全新社会话语环境下流变的规律,梳理其理论价值,希望可以对宁夏地域审美文化研究起到助推作用,也期待可以填补宁夏小说审美流变的研究空白。

四、研究内容与方法

宁夏小说蓬勃的发展态势得益于国家政策与宁夏作协对当地作家的有力扶持,宁夏作协、文联与各级单位通过定期组织文学活动让作家相互学习借鉴、取长补短,给作家较好的个人待遇与积极提携新人作家,进而扩大宁夏作家群的后备军。由于宁夏是一个多民族聚居区,自然会有多元文化相互调适的尴尬境况,较边缘民族历经普遍性的身份焦虑,一定程度上激起宁夏多民族作家竞相创作的热潮。因此,宁夏小说的现状蔚为大观。

值得注意的是,近年来,部分宁夏作家甚至开始以笔为工具,尽情地书写新时代的新气象,积极投身于建设新农村的潮流。他们大多是地道的农民,对大时代变革下个体心灵的微妙变化有着切身的体会,更能感恩于新时代,于是,一大批歌颂新时代的作品应运而生,以当地的生态移民搬迁为题材,讴歌了伟大的新时代,利于加强各民族的交流、交往、交融,有力地强化了中华民族文化的认同感与归属感,为宁夏多民族文学的发展"添砖加瓦",为地方振兴与民族团结作出了极大的贡献,呈现出相较以往全新的审美主题。

新时期以来,宁夏小说的审美主题日益多元化。如张贤亮通过对笔下人物的审美化塑造,意图传达出"温情与良善可以消解苦难"的人生理念;李进祥对逼仄型都市空间下人性的异化产生了隐忧,呼唤传统美德的深度回归;张学东则擅长取材于历史,通过对历史的有力回溯,反复建构出离奇的审美空间,借用他人的口吻彰显人性的力量;郭文斌善于借用孩童的视角提炼出世间情感最"纯"的部分,在中华传统文化的深厚积淀中找寻安详;马金莲如实还原生活的本来面目,既没有刻意的丑化,也没有那种绝对的美化,而是在平实的语言叙事中凸显人情冷暖;了一容把自身流浪体验诉诸文本,构建出饱受自然与人性双重苦难的底层人物形象谱系,更加彰显出美德对人的重要意义;查舜倾心建构出梨花湾这个美好的审美意象空间,景美、人更美的乡土文明给人愉悦的审美享受;漠月对生养他的阿拉善始终持温情回望,对当地的风土人情予以深情书写,流露出浓厚的家园皈依情结;火仲舫则执拗地把中华传统民俗元素纳入小说创作,在人物日常生活的自然流动中展现传统文化的魅力。

季栋梁坚持书写乡土大地上艰难生存的众生,既不选择回避苦难,也不一味渲染苦难,而是让乡土文明自身的劣根性自然而然地呈现;石舒清惯于站在老人的立场上反复"打量"本民族的传统文化,进而有机重塑本民族的精神;南台在人心浮躁的当代社会中依旧保持一种批判的心态,以犀利的目光洞察基层官场的众生相;马知遥热衷于通过家族化叙事剖开本民族文化基因的外壳,探析内隐于本民族文化的深层肌理;阿舍灵动的叙事思维与开阔的视野胸襟决定了她在创作历史小说时游刃有余,既能出乎其内,又能超乎其外;平原与曹海英凭借女性独特的心理体验,对都市知识女性的内心隐秘世界展开烛照,由以往单纯地描写女性自身存在的问题向外界不断拓展,从生理、心理与社会维度对女性意识进行挖掘。

随着时代的快速发展,作家的审美意识也在发生变化,继而带动小说审美主题、审美表达的流变,这已然成为不争的事实。本书正是关注到这一现象,并展开深入探讨,尽可能开掘出宁夏小说的审美意识、审美主题和审美表达三方面的流变规律,以便多维度打开宁夏小说的研究新格局,开拓宁夏小说的研究视野,助力宁夏小说的纵深向发展。

五、研究理论与创新

本书主要从地域文化符号与民俗文化符号两个维度切入，从历时性与共时性两个向度展开论证，采用文献研究法、文本细读、文化研究、比较研究、社会学、人类学等研究方法，综合运用文学地理学、民俗学、美学等相关学科的理论知识，采用宏观与微观研究相结合的方式，以新时期以来的宁夏小说为研究脚本，开掘出其中的深层审美意蕴，尝试梳理出宁夏小说审美意蕴的嬗变路径，尽力发现当代文坛中审美意蕴的嬗变轨迹，利于以后学者充分把握新时期以来宁夏小说的审美演变规律，尝试促进宁夏文学实现深度良性发展。

本书的创新之处主要在于两个方面。首先是内容（文本）的创新，本书立足于宁夏作家的小说创作，除却以往重点阐述的文本，仍有很多最新文本未曾进入批评家的研究视野，而本书予以了及时的关注，故本书的研究材料较前人更加新颖。其次是主题的创新，本书以审美批评为理论，切入小说文本的内部肌理，从审美意识、审美主题和审美表达三个维度探析小说审美流变的全过程，较以往研究主题而言具有创新性。

第一章

新时期以来
宁夏小说审美意识的流变

"审美意识是主体在长期的审美活动中逐步形成的,是一种感性具体、具有自发特征的意识形态。它存活在主体的心灵里,体现在艺术和器物中。其中既有社会环境的影响,又包含着个体的审美经验、审美趣味和审美理想。"①它是作家对自我、他者、世界及其关系的反复追索与确认,宁夏小说的审美意识正是建立在这个基础上逐渐生成和发展的。审美意识形态贯穿着作家小说创作的始终,一度影响了小说中审美主题与审美表达的呈现方式,不仅凸显了作家的深层次审美诉求、决定了小说的审美境界,还直接参与了宁夏小说审美范式的建构过程。

新时期以来,宁夏小说中的现代审美意识既有着对传统审美意识的有意继承和遵从,也有着本身处于特定时代的情感凝结方式。传统审美意识是现代审美意识的前身,现代审美意识则是传统审美意识的延续,二者有着相互兼容和交叉的关系,在"不变"与"变"中走向一定的统一。不变的是二者都彰显了真、善、美等审美主题以及作家对传统伦理道德中合理一面的深切呼唤。宁夏作家内心普遍纯粹质朴,他们勤奋耕耘着自己的文学家园,对精神家园也细心呵护。他们普遍坚守着自己纯净的灵魂高地,与世俗生活保持着客观的对抗与疏离,遵从着纯粹与独立的写作伦理,较少受到外界纷扰的影响。他们饱蘸温情的笔墨,肆意书写人间的温情与良善,爱与美好始终是宁夏作家审美意识的重要旨归。

变化的是其作品的生成机制不尽相同。传统审美意识根植于作家早期心理经验的积累和对地域身份的深度认同,孕育于特定的文化土壤与时代背景中。他们在特定的社会环境下皆坚决恪守传统的审美特性,保留着较为原始的审美理想。而到了21世纪,伴随信息化时代的到来,宁夏作家与外界的信息交换能力大大增强,各种新型事物频繁跃入作家视野,久而久之,他们的审美观念渐趋多元化,小说体现出丰富的审美内涵,传统审美意识的生成土壤悄然变换。而宁夏小说的审美意识建构中自始至终都有

---

① 朱志荣.中国审美意识通史:史前卷[M].北京:人民出版社,2017.

作家对于地域文化的认同。但宁夏小说现代审美意识中的这个因子是对传统审美意识中美学观的一种谨遵,从严格意义上来说,对地域身份的认同是新时期以来以张贤亮为代表的一批早期作家的文学创作共识,因此,它应归属传统审美意识生成的范畴。审美意识的生成机制较为复杂,本书只选取主要因素进行探析,希望能全面把握与探求新时期以来宁夏小说审美意识流变的全貌。

第一节　传统审美意识的生成与呈现

"宁夏的文学相当精准地表达出建立在前现代社会基础上的人类积累的精神价值,它是由伦理道德、信仰、理想、人与自然之间的生态关系、人与人之间的情感交流等构成的。"①探析新时期以来宁夏小说中传统审美意识的生成机制与呈现方式,可以让读者理解作家在特定年代背景下产生的独特审美情趣,这对打通小说文本内部肌理大有裨益,也易于把握文本中潜在的思想内涵与艺术追求,揭示出其内隐的审美规律,也可以更好地理解宁夏小说审美意识的嬗变过程。

宁夏小说中传统审美意识的生成机制较为复杂,但主要有两个因素,一是自然环境的多重影响,二是地域文化的深度认同。生存苦难下,人们的精神愈加昂扬,对于家园也有皈依之感,这两股强烈的情感能量在小说中交织糅合,形成极大的审美张力,共同塑造了新时期以来宁夏小说审美

---

① 贺绍俊.宁夏文学的意义[J].黄河文学,2006(5):121-122.

意识形态的初步表征,构筑了宁夏小说初期独特的美学世界。

一、自然环境的多重影响

在中国地理版图上,宁夏回族自治区位于贺兰山腹地、黄河中游的河谷地带,风沙肆虐、缺水干旱、广种薄收……这样的环境成为当地人们的生活常态。尤其是西海固地区,它是宁夏回族自治区南部山区的代称,在这个蒸发量远大于降水量的地方,曾于 1972 年被联合国世界粮食计划署认定为最不适宜人类生存的地域之一。历史上黄河的多次决堤更加重了当地人的生存压力,自然环境的恶劣一度让人们饱受精神上的苦楚,成为悬挂在当地人头上的"达摩克利斯之剑"①。"另外,作为边远的、弱势的和底层的存在,宁夏先民们不只要有面对来自自然环境而生的基本生存方面的忧患意识,也由于远离中心,家园常常乃兵家必争之地的缘故,更多了一份来自社会环境的忧患意识,这是更深一层的感时忧伤意识。"②这种忧患意识遗留在本地人的历史记忆深处,深深镌刻在其文化基因中,代代传承。

而小说作为有机反映政治、经济、社会与人们思维意识的物质载体,果断地承担起了铭记历史的重任。因此,早期宁夏小说不时流露出对个人、民族、国家命运的深切追问与反思,而主人公于人生绝境中展现出来的达观心态又在一定程度上消解了重重苦难,"他们的灵魂也许是孤独的,但并不脆弱;他们的声音也许是单调的,但强劲而宏大。在遥远的西部,在地老天荒之所在,他们屈服于命运但同时又执着于跋涉。"③毫无疑问,宁夏本土的自然与社会环境已对早期宁夏小说的审美意识产生了多重影响,即通常打造出"苦难美学"这一品牌,于苦难中发掘人性的闪光点。同时,环境对

---

① 注:中文称"悬顶之剑",对应的英文是 The Sword of Damocles,源自古希腊传说,用来表示时刻存在的危险。

② 牛学智.黄河文化与宁夏文学[J].朔方,2020(7):158-168.

③ 郎伟.负重的文学[M].银川:宁夏人民出版社,2002.

早期宁夏小说审美意识的影响是深刻且持久的，甚至在后期宁夏小说审美意识的生成中也发挥了不可替代的作用。

李进祥的短篇小说《换水》将马清与杨洁夫妇设置为叙事主线，讲述了他们游离于城乡之间的特殊人生际遇。辗转在城市的底层角落里，他们屡次深感生存的艰辛与不易，但从未放弃对理想生活的渴望与追求，最终虽身心俱疲，但还是选择回归清水河，在清水河的浸润下洗涤受伤的身心，希冀重新恢复"健康"。"咱回家，清水河的水好，啥病都能洗好！"①小说通过书写他们从进城到返乡的复杂心路历程，并以马清摔成残疾、杨洁沦为妓女为人物结局，揭示出这样的道理：命运即使给予人们太多磨难，也要高扬生命的"风帆"，以顽强的人生姿态笑对苦难。了一容的短篇小说《挂在月光中的铜汤瓶》通过塑造老奶奶与其残疾儿子尤素福在苦难中相依为命的人物形象，让读者尽情沉浸在母爱营造的强大能量场中。老奶奶对儿子无微不至的照顾让人唏嘘，即使尤素福对母亲百般任性，她也选择用爱去包容他，而且做礼拜自然成为她一以贯之的事情。母亲正是借助这种力量顽强对抗人生不断叠加的苦难，实现与苦难的和解，"一个星期后，老奶奶走了！"②母爱的光辉在文本中却被无限放大。

在冶进海的小说《马兰花开》中，作家精心塑造了"小妹"这一女性形象，为读者展示了乡村女性走向城市过程中历经的波折。小妹前期的成长鲜明指向乡村留守女童的教育与安全问题，这既与乡村家庭对女童性教育的缺失、学校科普力度不够等因素有关，又凸显了乡村文明的愚昧与落后。而女性作为男性欲望对象的历史，由来已久，如文中的小妹就被处于强势地位的表兄侵犯。之后她无奈放弃接受教育的机会，人身自由也受到丈夫严格控制，这从侧面反映出乡村女性接受教育、走出大山的艰难与不易。但小妹并未委曲求全，而是大胆地打破乡村秩序，转而进城，试图寻找新出路，在此，女性自我意识得以强烈凸显。但遗憾的是，她仍逃不过都市文化

---

① 李进祥.换水[M].桂林：漓江出版社，2009.
② 了一容.挂在月光中的铜汤瓶[A]//去尕楞的路上[M].北京：人民文学出版社，2006.

的裹挟与浸染。她周旋于数个男子之间,中间也换过多份工作,却始终无法具备自我的独立性。小妹的无知最终葬送了她自己,终落得锒铛入狱的凄惨结局。作品名为"马兰花开","马兰花"是坚韧顽强、生机盎然的,但如花一样的小妹在本该接受教育的美好芳华却已遭受巨大的磨难与考验,甚至在狱中注意到的仍是前来参观的政法学院的男生,这一细节的设置暗示了作家本人对小妹命运的惋惜与嘲讽。

小妹的形象与作者发表在《壹读》杂志上《我们的女神》中章莉婕的女性形象,特别是前期的成长经历,颇具某种相似之处。但与小妹不同,章莉婕在求学期间就表现出一种超乎他人的思考——同样是进城,章莉婕虽然一度沉迷于男性给予的物质生活而无法自拔,但是面对男性的暴力,她却做出了自我抉择,毅然选择离婚。在面对第二任丈夫的软弱无能时,章莉婕又不断地表现出其泼辣、特立独行的一面,一心发展事业,这显现了女性可贵的自我意识。

在冶进海的小说《锦瑟年华》中,"锦瑟"代表的正是惠洪心中被定格的美好岁月,让人联想到李商隐笔下的"锦瑟无端五十弦,一弦一柱思华年"——惠洪与女友二人即使在美好的岁月中相遇,终究也逃不过死亡的结局。文中最为鲜明的女性角色即惠洪的女友,她在无奈沦为"坐台小姐"后一步步走向自我堕落的"深渊",最后竟为蝇头小利付出了惨重的代价。这一女性形象折射出当下底层叙事中普遍存在的"失足妇女"群体。新时期以来,伴随着社会现代化发展步伐的加快,许多文本中的"失足女性"形象普遍带有窘迫的生活背景,她们为了支撑家庭而无可奈何地走向出卖身体的道路,比如曹征路《霓虹》中的倪红梅。作为女性中的特殊群体,她们在城市夹缝中艰难求生,在"灰色地带"苟活,人身安全得不到保障,人格尊严更是无从谈起。

《锦瑟年华》中惠洪的女友与《霓虹》中的倪红梅均因为金钱而付出了惨痛的代价,相较之下,除却来自公众的歧视目光,倪红梅还承受着来自家人的责难,被她养活的女儿和婆母反过来对其横加指责,似乎只有"死亡"

才是她唯一的出路。但值得警醒的是，作者始终以同情悲悯的眼光看待这一女性群体，文字远远不是那种猎奇低俗的色情描写。同时，值得注意的是，作者对"生命消逝"整个过程的叙述显得异常平和淡然，这昭示出作家面对死亡时独特的生命思考与体悟。生者与死者的直接或隔空"对话"，有时并非直接歌颂死亡，而是教会我们淡然地面对死亡，进而增添一种可以积极生活的勇气。

漠月的短篇小说《放羊的女人》则把整个故事背景置于作家熟稔的阿拉善草原上，以一对普通牧民夫妇的日常为叙事脚本，从中开掘出大漠深处普通女性内心世界的含蓄性与丰富性，作家善于从平凡生活中提炼出让人感动的瞬间，恰巧这个瞬间使人物形象更加丰满与立体。面对丈夫那颗因时刻打算出走而悸动不安的心，女人总显得有些落寞与无助，日常劳作的艰辛尚可以克服，生活中掺杂的不确定性却让人难以忍受。虽然丈夫最终离家出走，但女人却甘愿留在家里等待丈夫，甚至还调侃道："你永远'猴'在车上，你别回来。"[①]作家尝试进入女性内心的斑驳世界，体悟其在特殊境况下的心理波动，发现众多女性背后往往深藏着隐忍、良善等品质，她们正是凭借这些优良品质才成功地渡过了生活中的道道难关。

马知遥早期的《亚瑟爷和他的家族》是一部鸿篇巨制，文本建构出亚瑟爷、马德天、马伏祥祖孙三代的人物形象谱系。他们虽共同生活在马家庄这个边缘化的地理空间中，远离政治、经济、文化的中心地带，但人物性格并未呈现出"同轨性"。亚瑟爷在苦难中历练出了坚韧不拔的生存意志；而到了马德天所处的时代，新中国已经成立，马家庄虽有了一定的人口规模，但经济的萧条与挫败仍是乡村常态，朝不保夕的生活尚未得到根本性扭转，此时成长起来的马德天惯于投机取巧，精明能干是他的底色；再到马伏祥，"开拓创新"成为其人生信条，因为此时改革开放的潮流席卷全国，即使是偏僻的马家庄，也嗅到了改革的气息，乡村旧有的规章体制遭到瓦解，传

---

① 漠月.放羊的女人[M].银川：宁夏人民出版社，2012.

统伦理也面临外来文化的冲击。亚瑟爷无法适应新时代,他的去世预示了一个时代的终结,而马伏祥作为作家钟情的人物,也是时代新人的鲜明代表,积极顺应了时代的发展潮流,毅然走出马家庄,前往外面的世界闯荡。

作家以大开大合的笔触精心描摹出一个家族的兴衰史,洞察小人物在特殊年代背景下的生存境遇,体会个人命运在时代转型中的起承转合,对边缘人物的内在世界予以灵魂烛照。这部小说是反映马知遥前期创作风格的代表作,此时,文本的审美意识依然停留在作家对小人物在各自人生困境中执拗守护着内心操守的倾情书写,对他们固守的坚韧生存模式予以肯定。但作家并不回避各个人物身上的痼疾,如亚瑟爷男权主义的落后思想、马德天偷奸耍滑的不当做派、马伏祥优柔寡断的个人性格等,而把这些缺点置于“聚光灯”下悉数呈现、供人观看与反思,不难发现,这些缺点的背后是特定时代衍生出来的,流露了作家的忧患意识。通过对民族文化的剖析,作家希冀早日实现对于民族精神的理想重铸。

马知遥在后记中也不乏深情地写道:“每当时代变革和历史演进的时候,(回族)往往表现得迷茫、困惑、手足无措,往往只能被历史拽着前进。”[①]因此,对个人、民族、国家命运的深切追问与反思就是文本始终内隐的审美意识。相对来说,在作家笔下,小说中的历史背景往往退居次要地位,成为一种隐形的存在,起到更好塑造人物形象的作用。作家把身处不同时代的个体身上具备的共同的顽强生命意识作为小说的主旋律,这也是早期宁夏小说审美意识的外在表现。

自然环境深刻影响着作家的小说创作,主要体现在两个方面:“一是对文学家的气质与人格的影响,二是对文学题材、文学地理空间和文学风格的影响。”[②]坎坷多舛的生存状态间接塑造了宁夏人普遍“笑对苦难”的勇气,隐忍坚韧的性格特征成为彰显他们地域身份的显著标识,对命运苦难永远“持之以歌”的伟岸精神得以流传,予人以希望。当这种精神元素被作

---

① 马知遥.亚瑟爷和他的家族[M].银川:宁夏人民出版社,2000.
② 曾大兴.文学地理学概论[M].北京:商务印书馆,2017.

家有意识或无意识地调动出来、进入小说文本时，便是宁夏小说传统审美意识开始生成的萌芽阶段。此时，宁夏小说的基本审美意识往往趋于一致，有着相似的审美趋势，初步达成统一，小说也因此流露出丰厚的审美意蕴。

典型的还有来自吴忠的女作家董永红，如果说吴忠女作家鲁兴华善于在世俗人生的日常生活中反复"踱步"，一味探秘于各色小人物隐幽的心灵地带，那么董永红则是经过深思熟虑，执拗地选择把关注的审美焦点从日常生活中逐渐位移到深具某种传奇意蕴的地理场域（空间）里，这无疑也强烈表现出作家自身所特有的审美趣味与偏好。在其短篇小说《三尊石》中，作家明显有意跳脱其以往惯用的审美叙事空间，而最终择定了一个相对与世隔绝的场所——"贺兰山"，主人公的身份设置也旋即变为"看山人"。这一神圣的职业自古以来深深伴随着种种潜在的风险，尤其是来自"偷猎者"这一隐秘群体的。因此，在一定程度上，整个故事便在"看山人"与"偷猎者"两大阵营的激烈博弈中得以徐徐地展开，当然，穿插其间的还有两条忠诚的猎犬，分别是"黑猛士"与"白公子"。

另一个短篇小说《万寨子石窟》则颇具一种传奇的色彩，小说毅然将审美视线投射到了民国初年那段波谲云诡、风起云涌的时代，作为贯穿文本始末的一条重要主线，小石匠的一举一动甚至主宰了寨子所有人的命运沉浮。故事以万寨子八十五口人皆被害、唯有幸存的万金花返乡探望来收尾，读者普遍受到震撼，同时也对他们离奇的人生遭际唏嘘不已！

而小说《港菜》则是一个深具女性意识的典型写作范本，文章有力彰显出作家自身的女性性别意识，身处当下异常逼仄的社会空间，女性艰难的生存处境得以进一步阐释与言说。置身于新世纪的第三个十年，女性虽已获得了与男性在社会权利层面上的相对公平，但在文化层面上，仍频频遭受着种种不为人知的创痛，她们在工作与家庭之间尝试寻找一个平衡点。在这个维度上，我们可以这样说，《港菜》有意接续了女作家谌容于20世纪80年代初期创作的中篇小说《人到中年》的内在精神诉求，即对女性在家庭与工作之间时常处于一种失序状态的倾情描摹,从而诱发大众对女性议题的相关思考。

其实,张辛欣的《在同一地平线上》等系列作品都是聚焦于相同主旨的佳作,《港菜》则明显是对这一话题的当下演绎。女性从农村闭塞的地理空间内部缓慢走出,怀揣着挣钱补贴家用的单纯信念在城市打拼立足,其中部分女性选择跟随丈夫出门,把孩子留给老人,留守人群自此诞生。但同时,也有部分女性将孩子带在身边,如文中的贵州打工妇女阿芳,整个故事的高潮就在"孩子被她无意搁在菜筐里,等到阿芳回来却不见踪影"这一突发性事件中产生。

《十九层的沙尘暴》同样以底层女性的视角尽情观照这斑驳的现实人生,无奈、辛酸、痛楚等各种复杂幽微的情绪在那一刻争相向女主人公袭来,自此,女性丰盈的内心世界开始向外界逐渐敞开。《等你长了头发》中的女主人公是个独自养育罹患白血病男孩的单身母亲,她曾被上司玩弄情感后又惨遭抛弃,事后她却毅然生下孩子,母子两人在偌大冰冷的都市中艰难打拼,人生的磨难却接踵而至,儿子琛琛竟不幸患上白血病,在情感与理智的极端对立撕扯中,女主人公开始面临着更为艰难的冲突与抉择。《身影斑驳》将叙事的焦点全然聚集于一个女同学身上,叙事者"我"虽为主人公,整篇文章却紧紧围绕着老同学张枝秀不疾不徐地展开,随着文本隐含作者深情的讲述,一段段关乎"我"、张枝秀、乔俊华三人尘封已久的往事逐渐浮出"历史水面"。

纵览董永红近几年来的小说创作概况,不难发现,她始终关注着那些边缘小人物悲惨的命运遭际,他们或男或女、或穷或富、或老或幼,但凡她目光所及之处,皆被其尽情地"收入麾下",进而展开了悉心的观照。评论家许峰在文章《董永红小说读札》中同样谈道:"董永红的小说走的是传统的现实主义的路子,她笔下的人物大都是生活在社会底层的群体,作者真实再现了这些小人物的日常生活百态,写出了他们的不幸,通过对小人物的塑造,表达了对他们的悲悯之情。"①

同时,值得注意的是,迥异于鲁兴华惯于执着地在俗世日常中探究人性善恶的审美调性,董永红却另辟蹊径,多年的从医生涯既让其内心深处时刻充满着悲天悯人的情怀,也决定了她不走寻常路,她的小说总是极富冒险精神与传奇色彩,她擅长通过对历史的精准回溯、固定地点的巧妙位移,让其小说不间断地产生一种陌生化的审美效果。那些隐匿在历史烟云深处的人与事竟慢慢浮出"地表",顽强地附着在其上的神秘性也不断"剥落"与"脱离",在当下社会中缓慢呈现本来的样子,引人唏嘘。"宁夏女作家在创作过程中表现出对历史的浓厚兴趣。她们在历史的长河里找寻生命的轨迹。通过跌宕起伏的故事情节,为读者展现了一个个神奇的历史世界。与此同时,她们善于挖掘历史内部,思考复杂的历史和多舛的个人命运,体现了作家一定的思想深度和史学意识。"②

与此同时,另一个宁夏女作家郭乔的小说同样书写了各色小人物命运的多舛与不幸,其饱受的种种苦难让人唏嘘不已。客观来说,郭乔的小说近年来逐渐呈现出较高的水准,虽然在小说具体情节的编排与谋划上仍需要下苦功夫,但这丝毫不妨碍笔者发现她本身拥有着不凡的创作功力。在其短篇小说《理发师》中,作家精心巧构了一个极其离奇魔幻的叙事场景,即理发师应邀前往客人家中给其残疾女儿理发,继而围绕这一中心事件发生了种种连锁反应,且所有的节奏皆不以个人的主观意志为转移。就在整个事件陡然转向高潮的时候,作家又开始运用冷静克制的叙事基调与平缓缜密的语言调性让整个故事得以缓慢地滑落,而不至过于冲撞读者们平和的内心世界,这也是基于作家本人长年的教师身份所具备的慈悲情怀。

因此,当小说的前半部分过于执着铺陈故事的紧张节奏之时,伴随着高潮的旋即产生,整个世界仿佛也戛然而止。后半部分则不再一味地制造悬念,而是逐渐展开了一个释疑的过程,作家开始频繁探秘各色小人物那

---

① 许峰.董永红小说读札[N]. 宁夏日报,2023-07-31(8).
② 刘姣.新世纪以来宁夏女作家的小说创作[D].银川:宁夏大学,2014.

复杂隐秘的心灵地带。原来,一次高空抛物事故导致女生全身瘫痪,女生被迫辍学回家,其父亲特意诚邀"我"上门为其理发,然而,初次的相识其实并不愉悦,我这个陌生人的"凭空闯入",致使其自尊无端地受到了伤害,又加上女生难以自控的小便失禁,更让她的情绪全然深陷一种失控的状态,主人公"我"也只好暂且作罢、"打道回府"。

事后,其父亲又心怀忐忑地上门求助,并及时告知了"我"一切缘由。当"我"再次踏入女孩的家门时,虽对其决意绝食的惨状存有一定的心理预期,但仍被面前骇人的场景所惊吓。历经短暂的心理修复后,"我"重新拿起手中的剪刀,开始为女孩理发,这一过程好似在进行着一场庄严神圣的"宗教仪式"。整个故事当然圆满收场,这也是作家力图给这一对有着苦厄命运父女的一次终极悲悯! 同时,正如作家张学东在《虚构的危机与探索的方向——郭乔短篇小说述评》一文中所说:"作品波澜不惊地对弱势群体给予人性的理解与关怀,进而呼吁人与人之间相互理解和关爱,共同营造一种真诚和谐的社会氛围。"①

短篇小说《磨刀子的人》则充满着鲜明的戏剧性,整个故事高潮迭起,可谓一波未平、一波又起,一股股莫名的紧张感持续出现在小说的字里行间,无疑给读者带来极强的、间歇性的审美快感。紧张刺激的叙事氛围在无形中将读者引入了一场场传奇的探险之旅,人性中难以言表的奥秘与繁复也趁便显现在人间。良善与残忍皆不同程度地构成了那些始终横亘在人性深处的褶皱与凹痕,每逢人性的阴郁一面妄图强势地占据主导地位,甚至意图直接推动故事高潮之时,作家通常使用种种方式使其成功"降温",清醒的理智终将能成功战胜盲目的冲动。因此,文本即使悬念丛生,也终能正常回落到日常生活的轨道,这同样有力彰显出作家一贯富有的悲悯心。在另一篇小说《维桑与梓》中,一对同遭命运不幸的中学生在一次邂逅中结识了对方,并借机重新审视自身命运的坎坷多舛与百般无奈。两人

---

① 张学东.虚构的危机与探索的方向:郭乔短篇小说述评[J].海峡文艺评论,2023(1):106-111.

互为镜像，最终在彼此给予的温暖怀抱中逐渐释然，进而获得了灵魂上久违的超脱。

而小说《归去来兮》对一个中考落榜生给予了一定的人文关怀，作家试图贴合主人公那幽微驳杂的内心深处，进而极力感悟他那既充沛丰盈又脆弱不堪的心灵世界。小说《风且止息》则将审美的目光陡然转向了当代都市中产阶级女性的日常生活，较作家的其他作品而言，这篇小说无疑深具当下显著的女性意识，作家较为成功地借用女主人公之口，勇敢地发出了独属于女性自己的"声音"，力图呈现当下女性卑微且艰难的生存处境，在家庭与事业这亘古以来围困女性的双重话语之中，女主人公做出了极其艰难的抉择。当然，同样值得关注的是，文中还不同程度地涉及婆媳关系、原生家庭等相关的社会热门议题，着实引人深省。

小说《完美的生活》同样以普通女性的边缘视角来尽情打量这纷繁蓬勃的现实人生，爱情话语的强烈表征在文中始终占据主导地位，如若说《风且止息》相对侧重描摹两性婚姻日常这一美学面向，那《完美的生活》则以爱情为重要审美导向，全文始终高蹈着爱的美学旗帜。李满这一女性形象犹如张爱玲《连环套》中的霓喜、日本作家山田宗树《被嫌弃的松子的一生》中的松子、加拿大女作家玛格丽特·阿特伍德《神谕女士》中的琼等。她们所处的时代、地域虽然有异，但都把命运的赌注主动且悉数交给了异性，甘愿成为男人眼中可有可无的附属品，乃至牺牲品。毋庸置疑，她们都有着极为旺盛的生命能量，但都没有用以积极建构自我人格的主体性与完整性，而是不断地找寻理想中的人生伴侣，却都以失败而告终，如何实现女性人格真正的独立着实任重而道远。

短篇小说《树叶飘落的时候》始终聚焦于底层人民爱情的孕育与生成，在一定程度上，这恰是对古华《芙蓉镇》中那一套独特爱情话语模式的积极"戏仿"。由于该文立足于当下更为鲜明的生活图景，因此颇具一种时代性特征。小说《星星屋》的叙事风格异常清新明丽，迥异于作家其他小说惯用的以情节性高潮取胜的写作策略与审美偏好，这篇小说并没有设置强烈的戏剧性冲突,而是平稳地展现乡镇中一个普通农民家庭的日常生活琐事,温馨与美好贯穿文本始终,叙事底色极其清新与明净。

综上,不难发现,郭乔小说创作的审美主题较为多元与含混,在审美意象的精心择取上也颇费功夫,在审美表达上则有机融合了我国传统叙事技巧与西方现代性的写作手法。但正如张学东所说,郭乔也存在着诸多可精进之处,"作者更倾力于日常化和生活流的描述,小人物、小事情、小情感、小矛盾成为作品关注的核心……由于作者尚处于起步初期懵懂艰难的摸索阶段,往往又在题材和主旨上存在一定的把控盲区,特别是涉及那些距离自己生活经验较远的领域,时常显得游离不定和力不从心。"①郭乔开始从事创作的时间属实较晚,但是随着时间和知识的累积,笔者坚信这一不足会得以圆满解决。

了一容则是流浪型的作家,他直接接触到社会底层的各色群体,诸如流浪汉、淘金工、手艺人、乞讨者、牧马人、残疾人等,熟稔他们那艰难的生存困境。小说文本始终透露着悲悯的情怀,主人公们在生存的苦难下始终匍匐前行,隐忍成为他们对抗命运苦难的唯一途径与解决办法。了一容的隐忍又不同于马金莲笔下的隐忍,后者擅长书写荒凉感与苦涩的饥饿体验,在这种苦难观照下,女性被迫选择了隐忍;了一容笔下的人物本身则充满着一种悲剧色彩。

在短篇小说《独臂》中,主人公独臂少年因为身体的残疾而备受人生中难以言说的种种苦难,他人的无端嘲讽则不断加剧了独臂少年的精神重负。小说《废弃的园子》则展现出苦难下主人公艰难的求生画面,厄运接踵而来,仿佛是为考验主人公而特意存在。在另一篇小说《大姐》中,出嫁前仍是善良叛逆的大姐,初始对知识与艺术都极度痴迷,但当想嫁知识分子的愿望被现实无情地击败之后,婚后的人生开始变得苦痛与不幸,大姐仍选择隐忍地度过了一生。而在小说《挂在月光中的铜汤瓶》里,母亲与残疾

---

①　张学东.虚构的危机与探索的方向:郭乔短篇小说述评[J].海峡文艺评论,2023(1):106-111.

儿子相互扶持,他们挨过了一个个冬天,即使无人救济、儿子对母亲又百般刁难,母亲仍然选择坚强地活下去。

在《独臂》和《废弃的园子》中,主人公不仅面临着身体上的一些伤痛,更带有心理上的创伤,人性异化导致了社会伦理的解体。在《去尕楞的路上》中,撒拉族老人与东乡族青年原本结伴同行,老人无意间瞥见了青年的钱袋,继而引发了贪欲的人性之恶却又转瞬即逝。这篇作品深刻隐喻了民族信仰对现代异化人格的救赎以及作者对新型生态伦理的深情呼唤。在《出走》中,窝蛋与伊斯哈进城流浪,却遭到了城里人的侮辱打骂。城乡的差异鸿沟瞬间被有力地揭示,由于歧视而引发的矛盾皆为人性之恶,赋予到底层人物身上,更多的是伤痛与折磨。作者担忧社会伦理的异化,极度渴望健康伦理的重塑。在小说《板客》中,主人公反复遭遇不幸,最终沦为板客,骗人为生,更以悲剧惨淡收场。社会比自然的残酷在于人性之恶,它强有力地吞噬着良知,让人彻底麻木堕落,彰显了作者对利益主导下伦理关系异化的极度嘲讽。

"了一容小说中各类人物,社会身份有别,个人遭际不同,但都面对着在这种特殊环境中怎样生存下去的共有课题,从中发掘出底层人民所特有与苦难相抗争的隐忍之美。"[①]这种抗争不屈的精神几乎贯穿其作品中所有主人公身上,小说文本始终涉及大量死亡书写,作家意图用死亡意象构造一种较为完整的死亡美学艺术,试图达到感官刺激的极致审美体验,继而产生一种阅读的"陌生化"效果。"理想"与"现实","希望"与"绝望","美好"与"残酷"的绝对化冲突在文本中一直呈显性的存在,环境的愈加艰难反而会变相激励主人公产生坚韧的生存斗志,体现了作者对失落的民族精神深切的追寻、对家园意识深层的呼唤,彰显了作者对民族文化与地域文化身份的强烈认同。这种顽强抗争的精神从中国传统文化的基因中脱胎而来,显示了作者对中华民族精神极为强烈的归属感。他从本民族文化与

---

① 了一容.手掬你直到天亮[M].银川:宁夏人民出版社,2008.

中国优秀传统文化中汲取着种种伟大的精神力量,始终致力于民族命运共同体的书写,这为进一步弘扬民族精神、积极展现国家文化魅力起到了应有的促进作用,是完全顺应了历史发展潮流的正确抉择。

　　流浪的生活使了一容长期浸淫在苦难之中。东乡族的民族身份让他更有胆识与底气面对苦难。作者对苦难并没有一味地进行情感宣泄,而是极力开掘出震撼人心的精神力量,通过对苦难的诗意化书写,达到了对其的深度超越,彰显了浪漫主义的情怀。通过对民族文化的寻根,了一容加深了对民族文化的认同感与对中国文化的强烈归属感。无论是身体流浪,还是精神流浪,了一容都执拗地回归中国传统文化,从中汲取了肥沃的精神养分,对中华民族优秀传统美德的一再回望与坚守,彰显了作家的人文主义情怀。《挂在月光中的铜汤瓶》中的老奶奶、《绝境》中的少年章哈、《大姐》中的叛逆大姐、《妈妈》中的隐忍后妈、《猴戏》中的母猴、《去尕楞的路上》中的东乡族少年、《出走》中的伊斯哈……这些主人公都在绝望的边缘挣扎,虚妄无助的死亡气息充斥着整部小说,他们仍执拗抵制人生附加的苦难,并且试图与苦难和解,了一容对中华民族精神的书写响应了时代的号召,并且走在时代前列,这也是作者本人的精神写照。东乡族人口相对较少,族源的不确定性让了一容对民族归属产生了深深的质疑。

　　主人公就是了一容本人的一个缩影,东乡族历经了命运的沉浮,民族苦难史深深地刺激着作者,民族苦难同时也是作者的苦难。与此同时,民族苦难史又是奋斗史,东乡族在苦难中逐渐成长,拼搏不息的民族精神对了一容有着极大的激励作用,他选择了把自我的命运与民族的命运紧紧绑定,把自我精神与民族精神深深契合。通过对民族文化的寻根,了一容不仅充实了小说文本的内在容量,也让自我境界得到一定程度的提升,灵魂也得以升华,与苦难抗争时便多了一份笃定与从容,彰显了民族精神的时代意义。民族优秀文化对个体的审美心理、性格养成、人格塑造均具备无可替代的价值,引起人们的警醒。

　　作者本人的流浪经历虽使其快速地积累了丰富的创作素材,但也让他人对其作家的身份产生了某种质疑。同时，对都市身份的不适应与对乡村身份的极度留恋都让其精神饱受压抑。身份认同的尴尬令了一容产生了错位，此时的"精神流浪"不亚于"身体流浪"。小说《静土》中，主人公哈儿回乡探亲，却被误解，昔日家园不复存在，城市生活又时刻充满着压抑，这种城乡的边缘状态也是作者本人生活的真实写照。城乡身份转换的尴尬，更激励作者试图寻根。强烈的归属感在流浪者形象上体现得更为明显，流浪者群像塑造是了一容较为成功的一次尝试，带有一种极强的自叙传色彩。民族精神是一个民族在长期的历史发展中不自觉地形成的价值取向，具备强有力的指导性作用。

在很长一段时间以来，东乡族一直与恶劣的自然环境顽强抗争，迁徙流浪更是该民族的常态，在历史长河中，形成了一种坚韧不拔的精神品质，对生活的坚定信念深刻影响了东乡族的人民。所以，在一定程度上，我们可以这样说：作家了一容并没有一味展示苦难，而是在苦难的底色中，极力展现底层人物不乏坚韧的民族精神。与此同时，作者对国民劣根性的极端批判也见诸笔端，体现出他对民族文化滞后性的忧虑与反思。了一容是当代文坛特色鲜明的东乡族作家之一，奇特的流浪经历让其审美观照对象更加趋于多元化，从而建构了许多容量丰富的叙事空间。在多元话语交互的空间中，异质文化得以不断地来回碰撞，在文本中逐渐形成了极大的审美张力，进而有机地表现了作者对文字的超强控制力。小说文本囊括了社会中的十几种职业，对其的细致描摹彰显了作者对底层社会的洞悉，对不同阶层人物情感取向形成了内蕴的审美张力，令读者产生紧张的阅读体验。他语言粗粝，对苦难的书写极尽真实，不断地通过营造感官刺激，有效地营造了极致的审美意象空间，形成了一种可以深度咀嚼的趣味。

主人公内心世界的丰盈与外部环境的恶劣形成强烈的反差，民族精神借此得到最大程度的彰显，民族精神让小说不断地焕发蓬勃的生机，这是作者文化寻根的必然结果，民族精神也在新型的话语环境下得以大力弘扬。作家了一容以极度细腻的平民视角时刻关注社会伦理的变化，表达内心的种种隐忧。有时,身体的苦痛尚能忍受,可人性之恶带来的精神创伤却委实难以轻易被弥补,人性倾轧终将导致传统伦理的土崩瓦解,对社会与国家的稳定都能产生不小的威胁。了一容站在人文的立场上重新审视那些异化的伦理,进而对人性的异化提出了种种批判。对民族文化的回望与坚守、对传统美德的呼唤与弘扬,暗含着作者渴望重构生态伦理的社会诉求。了一容执拗地回归本民族的传统文化,意图借民族精神实现对苦难的高度超越,不仅表明了一容对民族身份的认同,也展现了他的民族自信意识,对民族文化的强烈归属让其小说总是极具力量感。

对于这些宁夏作家而言,总的来说,往往"是故乡的黄土地孕育了他们博大宽广的胸怀,是那些生活在底层的故乡人特有的淳朴、宽厚给予了他们非凡的气度,在书写民间生活时,他们始终都用一颗朴素之心观照着底层民众那并不完美甚至是悲凉的世俗人生,有意无意地淡化黑暗和粗鄙,投以温暖和光明。"①

二、地域文化的深度认同

宁夏地处中国的西北一隅,人们长期背负着地理边缘焦虑情结,但宁夏作家对地域身份的归属感使其小说呈现出别致的文学景观与审美趣味,流露了地域诗性文化色彩的基调,彰显出地缘文化自信情感。

"宁夏青年作家以极富特色的艺术彩笔,真实而生动地书写了居住于西北偏僻之地的人民的生活和命运,他们将广阔的西北边远之地的自然风光、社会风情、特殊的民族生活氛围逐一呈现,从而构成了审美化了的西北风情图。黄土地上人们生存图景的细致状绘和丰富的地方性知识的展示,成为'宁夏青年作家群'享誉当今文坛的奥妙所在。"②

---

① 马秀琴.李进祥小说论[D].银川:宁夏大学,2011.
② 郎伟.巨大的翅膀和可能的高度:"宁夏青年作家群"的创作困扰[J].宁夏社会科学,2017
(3):240-246.

　　张贤亮带动宁夏文学的快速发展，是宁夏文学史上一个举足轻重的人物。"1979 年到 1992 年，是宁夏文学的崛起时期，也是宁夏文学赢得全国性乃至世界性声誉的时期。这一时期形成了以'两张一戈'（张贤亮、张武、戈悟觉）为代表的创作团队，尤其是以张贤亮的创作最为耀眼和突出，一度成为当代文学史上极为重要的文学热点。"①张贤亮的文学成就显著，短短几年就创作出短、中、长篇小说累计 25 部，质量之高与速度之快超出常人想象。他生于南京，后来从北京移民宁夏，先后当过农民与教员，后因《大风歌》被发放到农场接受"劳动改造"，身份地位的落差让张贤亮一度深陷痛苦。小说中的主人公许灵均、章永璘等都是以他本人为原型塑造的，因为有亲身经历作为创作素材，所以作家对人物心理在极端状态下的精准描摹与刻画极为真实。他们无一不是遭受人生的重击，可每当身处困境，又总能遇到当地淳朴真诚的人们，给予无私的帮助。正是凭借乡亲邻里施以援手，他们才在泥沼中重新"站立"，并深感自己已与这块大地融为一体、密不可分。

　　在张贤亮的短篇小说《灵与肉》中，"他终于回来了，终于又回到这熟悉的小小的县城。"②男主人公许灵均果断放弃了跟资本家父亲前往美国去继承丰厚的财产，而选择留在这块曾经给他温暖的土地上。在这里，物质条件虽然相对落后，但这里的人们毕竟曾给予过他希望，让他重拾了对人生的信心，他要用余生回报这里。中篇小说《绿化树》中，章永璘也是以政治落魄者的身份出现在马缨花面前，政治地位的尴尬与物质生活的贫瘠一度让他在身体与精神上饱受摧残，马缨花却以母亲般的关怀让其深深感到温暖，不仅给他白面馒头，还在精神上时刻鼓励他，让他走出人生绝境。"她哄好孩子……拿出一个白面馍馍，爽气地伸到我面前：'给'！"③马缨花、海喜喜等小人物身上淳朴善良的高贵品格是作家极为推崇的，恰是这块独特

①　张富宝.宁夏文学六十年：历史、现状与问题[J].朔方，2019(10)：154-170.
②　张贤亮.灵与肉[M].贵阳：贵州人民出版社，2013.
③　张贤亮.绿化树[M].上海：上海人民出版社，2012.

大地上才能孕育出来的高贵灵魂。与其说作家实现了对小说中人物主体的审美化塑造,不如说作家通过书写特定地域人物的高尚品格,隐喻了他对地缘文化的深深认同。

马金莲身为西海固的著名女性作家,其早期小说也以对地域文化的认同为创作的重要导向。《碎媳妇》《掌灯猴》《父亲的雪》《低处的父亲》《1987年的浆水和酸菜》等小说素材皆取自西海固,地理空间、民俗文化、人物形象、主题意蕴、语言特色等小说元素都携带浓厚的地域文化审美色彩,体现出作家的地域化创作审美诉求。"身为女性而致力于女性的马金莲,其作品平淡细腻,温馨亲切,乡土味、生活味和人情味,充满在她的所有作品中;既有庄稼里泥土的厚实,又有蓝天下白云的飘逸,也有乡村女子素面朝天的朴素韵致。"[①]

以获鲁迅文学奖的短篇小说《1987年的浆水和酸菜》为例,该小说讲述了奶奶制作酸菜那漫长而艰辛的全过程以及我家对二奶奶一家的照顾关爱,塑造出淳朴善良的乡村人物群像,传达了在困境下人们懂得相互帮扶这一审美主题,弘扬了真、善、美的中华传统美德,正确引导了读者的人生观、世界观与价值观,成功发挥了文学的美育功能,促进了当下的人文精神建设,具有显性的时代价值。恰如文中所说:"每次新的浆水卧成,奶奶都要这么送一回。"[②]

文本中的民俗元素也异常丰富,诸如地方饮食文化、服饰文化、语言文化等,它们在小说中的反复出现使得文本昭示出厚重的地域文化色彩,这恰是建立在作家对西海固深沉热爱的基础上的。"马金莲越来越兴奋地去开掘难以离弃的村庄生活里的'故事',用自己的细致笔墨还原揭开少儿时留下的朦胧记忆。"[③]马金莲对家园故土的情感投射到小说创作过程中,不仅丰富了作品的审美内涵,赋予其审美价值,也使文本产生了极大的审美

---

① 彭学明. 从三棵树到一片林:宁夏青年文学小说简述[J]. 小说评论,2011(6):42-45.
② 马金莲. 1987年的浆水和酸菜[M]. 广州:花城出版社,2016.
③ 李生滨. 宁夏文学六十年:1958—2018[M]. 银川:宁夏人民教育出版社,2018.

张力，成为其前期小说创作中审美意识的重要来源。她的小说也极易唤起"都市之子"久违的情感共鸣，即对家园的追念，从而令文本有了一定程度上的"普世价值"。

即使是民族身份迥然不同的作家，也具有相同的地域身份，他们都对宁夏有着较为浓厚、不能轻易分割的深厚情感，极其热爱其中的一草一木，故当选取这些熟稔的审美客体进入自己的小说主体时，这些独特且丰富的审美对象便不断凝聚着审美主体极强的情感认知，同时，也令文本具备了较强的审美张力。他们都尝试还原出家园生活的真实原貌，力图描摹出故土的复杂生活图景。"在文学地理学烛照下，其基本规律体现为：审美是以审美活动为纽带所建构起来的审美主体与审美对象之间的关系研究。对于审美主体和审美对象而言，它们都内存于相应的空间限域，受制于各自空间关系（包括自指性与他指性空间关系）的影响，显现各自空间的特点、性质与规律。"①宁夏作家与审美意象的内在关系就建立在这样一个相对固定的空间维度中，从而彰显特定的审美旨趣。

而早期一批移民宁夏的那些知青作家们，当初他们前来宁夏支援边疆建设时，由最初的普遍不适应进而到最终的安土重迁，也不知不觉已跟脚下的大地密不可分，并且把毕生精力都投入当地文学创作的伟大事业，可谓极大地助推了宁夏文学的早期发展，对地域身份由排斥到认同是宁夏小说传统审美意识生成的重要因子。宁夏作家普遍对地域身份的归属感不仅感染了一大批读者，也增加了文本的思想底蕴与审美旨趣，成为早期宁夏小说审美意识的重要来源。

---

① 李志艳.美在空间：文学地理学之审美研究[J].绵阳师范学院学报,2020,39(10):63-69.

第二节　现代审美意识的生成与呈现

相对而言,审美意识总是处于一种流动性的状态,故难以形成审美意识上的固定范式,但其在流变中又往往保持着一定程度上的稳定性与延续性,因此,那些简单地用二元对立的观点把传统审美意识与现代审美意识断然割裂的做法显然是极为幼稚的,应该正确对待它们的异同点。新时期的宁夏小说发展到如今,历经反复不断的打磨洗礼,其审美意识自然产生了某种程度上的变化,作家本人丰富的人生阅历、复杂的个人情感、隐秘的心理机制等内在因素与那些变动不居的政治环境、经济局势、社会文化等外在因素,都时刻发生着显著变化,进而又重塑着作家内在的审美意识。审美意识被作家自觉或不自觉地加以调动,进入各自小说创作的深层建构,也为文本定下了特定的审美基调。

与此同时,宁夏小说现代审美意识的主要生成因素也有两个,第一个是地方变革的多重变奏,第二个是外来文化的多维借鉴。当然,作家个人的心理机制与审美心态的转换固然也会深刻影响到现代审美意识的内在生成,但本节只选取主要因素进行重点探究,通过分析宁夏小说现代审美意识的生成机制与呈现方式,为进一步整体把握宁夏小说审美意识流变的全程打开一个新的思路。

一、地方变革的多重变奏

近年来，当移民搬迁、脱贫攻坚等事件真实发生在宁夏大地上时，作为时代变革下的崭新文化气象与书写题材，本土作家竞相将其作为热门的创作素材，纷纷将其纳入各自的文本建构，体现出典型的时代性特征。书写这些典型事件，表现出作家对时代转型中个体命运与对其内在精神世界的反复探寻。他们或深情歌颂各个民族之间相互扶持与攻克难关的互助精神，或热情讴歌新时代的昂扬风貌。此时，宁夏小说处处弥漫着迥异于传统审美意识统摄下的审美余韵，有力促进了宁夏小说现代审美意识的生成，进而使审美意识发生了流变。本书以地方性变革为重要研究视点，进一步探讨宁夏小说现代审美意识的生成背景与创作实践，进而对小说中审美景观的营构与时代的互动关系进行深层观照。"从现代文学的发声开始，作家就作为时代最好的诤友，表现出对社会问题的介入态度。"[①]

李进祥则是一位捕捉时代气息能力超强的宁夏作家，其多部小说的创作素材都可谓与当下涌动的社会现实息息相关、密不可分。他曾于早期创作出大量与"清水河"相关的系列小说，倾情书写着围绕家乡"清水河"的温情点滴，因此文本中不断建构出一个个具有诗性审美的理想家园。作家通过对记忆中家园历史的积极回溯与深切指认，不断充实丰盈了文本中的诗性审美想象空间。真实与想象在小说中相互撕扯调适，温情脉脉与伤痕累累共同构筑了其厚重繁复的审美底色，文本的审美张力一度达到最大化。因此，其前期小说的审美风格总是拘囿于对其家园故土的反复追忆与深切缅怀。

而纵观李进祥后期的小说创作，可以隐约发现作家不断尝试在审美意识、审美主题与审美表达上的急剧转型。彼时，他已经敏锐地察觉到务工潮、留守人员、乡村空心化等种种涉及地方变革的典型性事件，把它们吸纳

---

① 苏涛，郎伟.在生命的纵深处渗出光亮：2017年宁夏中短篇小说创作述评[J].朔方，2018（5）：162-168.

到小说创作中就成为他的首选。"李进祥总有办法用自己的方式、用自己的话语将一种传统与时新、消亡与蓬勃、虚妄与真实并置在一起。在他犀利的洞察中,所谓现代文明的发展或社会历史的进步总是布满褶皱和裂纹……而新作《亚尔玛尼》的问世则将李进祥的文学创作推向了另一个高度。"①因此,长期建构的小说固有审美范式在作家后期小说中不断遭到解构,从而进一步引发小说整体上的审美嬗变,让读者获得一种异样的审美体验。审美转型于作家而言,却无疑是一个充斥着阵痛的复杂过程。

以其长篇小说《亚尔玛尼》为例,文中写道:"有的人家搬得从容,啥都井井有条的;有的人家搬得匆忙,看出来惶惶急急的。"②小说讲述了主人公六指从城市返回其早已阔别多年的家乡的故事。在其返家途中,一路上的所见所闻、所思所想,均积极建构了一个残败落后的旧乡村社会空间,在这个由回忆与现实不断搭建的意象空间中,作家对复杂人性的洞悉与解剖极为精到,同时毫不回避旧有乡村伦理的某些落后性。小说以六指的人生遭际为重要线索,有效搭建起作品的整体框架,显示出作家对文本有着极强的驾驭能力。这时,作家已明显摆脱清水河"波光里的魅影",抛弃了对家园故土的一味沉溺,而站到了城乡对峙的高度。作家凝视着六指在城乡之间不断游移的生存状态,叹息着以六指为代表的小人物的无奈命运。时代的大踏步前进给予了他们丰富的物质生活,可其灵魂终究无处安放,物质的丰富与精神的空虚构成显性的二元对立,引发读者省思:在这个物质达标的时代,灵魂怎么才能丰盈起来?

仔细观察李进祥的系列小说创作,不难发现其作品有着鲜明的代际特征,代表了新时期以来宁夏本土作家创作上的审美转向,这也是地方性变革在作家审美意识层面上的显著体现。如《女人的河》《口弦子奶奶》《薪火》《最后一季麦子》等早期小说,都是作家对家乡命运的持续性关注,而并无关涉较多时代上的显著变化。彼时,他只专注书写家乡父老的悲欢离

---

① 苏涛.被点亮的魂魄:李进祥《亚尔玛尼》解读[J].民族文学,2019(2):194-196.
② 李进祥.亚尔玛尼[J].民族文学(汉文版),2019(2):110-193.

合,小说开始有了初步的审美意识表征,即热爱家园的浓厚情感。

而到了后期的《换水》《屠户》《遍地毒蝎》《二手房》《亚尔玛尼》《拯救者》等系列小说,已能不断管窥到作家实则逐步完成审美意识维度上的转型。此时,相较于20世纪,中国已然发生了翻天覆地的变化,生态移民与脱贫攻坚政策既是国家的号召,也是所有人民的深切希冀。作家却果断放弃以宏大叙事的文本策略来绘制时代变迁的宏伟蓝图,而是延续着以往的审美惯性,即通过对小人物的审美化塑造,以他们对家乡的回归为线索,不断串联起乡村与都市这两个迥异的现实空间,从而有力地完成了对当下时代的忠实记录与深刻反思,彰显出作家具有的悲悯情怀。"李进祥的创作有着深深的'根'的意识,他对大时代变迁中的沉重极为敏感,他以移民搬迁为切入口,在个体命运的关照中有薄凉的痛感,更有爱与悲悯的呼告。"①此时的审美意识相较以往,更加呈现出一种多面相,多元性与含混性是其显著特性。

同样,季栋梁也是一位擅长取材于日常生活的作家。时代的反复更迭致使地方发生必然性变革,进而引发当地人的种种心理不适。尽管旧有的乡村伦理体制存在一些致命的弊端,但人们毕竟已经惯于存活在它的深度掌控之下。但乡村物质条件的落后又促使一部分人急于逃离旧有生活,纷纷涌向乡镇或城市。这些年轻人往往对陌生化的"魔性"都市生活充满着无限的憧憬与天真的幻想,他们始终梦想可以在那里找到生存发展的一席之地,但自身固有的局限、城里人的轻视排挤、快节奏的生活都一一粉碎了他们的希望。作家对他们内在的精神世界展开挖掘,深入他们命运的褶皱中,体悟到其融入都市生活的种种艰难与阵痛。

季栋梁的长篇小说《锦绣记》以女主人公银娥与胡红旗、贾兆春、孙连、肖长福这些男子之间的爱恨纠葛为线索展开叙述,他们皆有不幸与挣扎,在各自的命运漩涡里寻找出口。尤以银娥的人物形象最为夺目,苦难接二

① 苏涛.被点亮的魂魄:李进祥《亚尔玛尼》解读[J].民族文学,2019(2):194-196.

连三地向她袭来,每当她觉得人生有了短暂希望,新一轮绝望又会粉碎她的憧憬。可温柔善良的银娥未被击垮,外柔内刚的她紧紧扼住命运的咽喉,在时代变革的背景下,一个弱女子闯出了自己的天地。这样的人物形象本身就寄寓了作家强烈的情感认知,作家在她身上塑造出一个理想的当下女性形象,即独立自主、自尊自爱,永不放弃对生活的追求与热爱。

同时,季栋梁在小说中设置了"我"这个人物主线。"我"是一个刚刚毕业的大学生,从老家来到城中村"锦绣",置身于陌生的都市场域空间中,"我"一面显得局促不安,一面又在为生计发愁,机缘巧合下与银娥相识,便打算把她的故事写出来。"我"最终因发表《风是沙的路》进入作协,在城市中找到归宿。原文说:"我选了冷门——作协,结果以笔试、面试均为第一名的成绩被录取了……尤其是那篇《风是沙的路》起到了很大作用。"①这也是作家对由农村向城市出发的小人物美好结局的希冀,体现了他的人道主义关怀。其姊妹篇《上庄记》也是对地方变革下西北偏远农村世界的细致观察与记录,小说以一个扶贫干部的视角和口吻,见证了新型城镇化下乡土社会的教育问题。小说开篇就说:"这时领导的电话又来了,他对我说上庄的老村长打来电话,非要扶贫干部在二十七号到岗。"②由此可见,"我"作为扶贫干部初到上庄时任务的艰巨,尤其当时代变革投射到基层乡村上产生的复杂性,考验着扶贫干部的能力。

因此,新时期以来宁夏小说的现代审美意识便在作家后期小说中尽情流淌,时代变革导致了地理空间的频繁转换,农村与城市的地理界限在社会发展中愈加模糊,而处于不同空间中人员的流动变相加速了这一现代化进程,这是时代发展的必然结果,所以,地方的变革是现代审美意识生成的主要因素。季栋梁凭借双线交叉叙事的写作策略搭建起作品的框架,体现了其超强的文本虚构与统摄能力,也显得文本内容比较充实与丰盈,打破了宁夏小说旧有的桎梏,迥异于以往宁夏小说固有的审美表达,呈现出全

---

① 季栋梁.锦绣记[M].北京:北京十月文艺出版社,2017.
② 季栋梁.上庄记[M].北京:北京十月文艺出版社,2014.

新的审美格调，这也是现代审美意识在文本中发挥主导作用的结果。

作家对瞬息万变的社会始终保有高度的自觉性与敏感性，精心刻画与描摹时代转型中女性个体的生存体验与情感认知，试图以男性作家的视角体悟女性内心的隐秘世界，体察她们独特的心理，对女性心理的烛照异常透彻。在时代潮流的飞速席卷下，旧有的乡村体制逐步遭受瓦解，沿袭已久的乡村伦理体系也面临着溃散的局势，作家敏锐地感觉到崭新的社会伦理形态正在悄然萌生，便巧借女性身份，让她行走在时代改革的前沿地带，她已不再是石舒清和马金莲笔下生存于西海固的隐忍传统女性，而是有着普遍独立自主意识的现代女性，颇有火仲舫小说《花旦》中的"勾魂娃"齐翠花的风采。当其感到旧有社会体系容纳不了她的时候，毅然决定出走，来到城中村"锦绣"，在对城乡的犹疑中逐步确立并建构起自己的女性主体身份，这也是现代审美意识在文本中的显性流露。

"李进祥以六指这一'边缘人'的命运为切入点，聚焦于生态移民这一特殊群体的历史记忆，他们回不去的家乡在模糊与清晰的交替中标记出令人心酸的乡愁。"[①]他始终秉持着作家的良知与悲悯情怀，执拗地关注着时代变革下底层人物的命运走向，烛照他们的灵魂世界，这是新时期以来宁夏小说现代审美意识的主要呈现样式，即对地方性变革下边缘人物命运的观照，显示出作家坚守着高尚的人道主义。与李进祥一样，季栋梁也以悲悯的眼光注视着这些形形色色的小人物。"他也率先以城镇化、新型城镇化（文化城镇化）为整体背景，提供了文学城镇化的新经验，不回避近距离也不顾虑'文学性'的丢失，几乎以学术调研的准备和务实态度，改写了一直以来仿佛不'坚守'不'乡愁'就不足以乡村的中国乡土文学惯性，解构了农村道德论、农村'蓄电池'论的审美依赖，用知识写作、认知写作，超越了经验写作和就事论事的'问题小说'模式，大胆探索了社会学家那里'三元社会结构'进入文学世界的完整叙事努力。就是说，他是在'三元社会结

① 苏涛. 被点亮的魂魄：李进祥《亚尔玛尼》解读[J]. 民族文学，2019(2)：194-196.

构'的视野,叙事了流动社会政治、经济、文化、伦理、道德、审美的巨变,包括灰暗地带基层政治、经济的混乱和无序状态,文学所擅长的人性、情感内容,在他小说中也就才显得扎眼、陌生而令人深思。"①

此外,还有吴忠女作家郭乔的小说,同样值得重点讨论。《树叶飘落的时候》由于立足于当下更为鲜明的生活图景,故颇具时代性。《春回大地》则是更为典型的时代之作,为当下如火如荼的脱贫攻坚战做忠实记录与深刻反思无疑是当代作家的重要职责之一。宁夏地处我国西北边缘,近年来移民搬迁在宁夏南部山区可谓风生水起,本地作家更是争相使用浸润着饱满情感的笔触来刻画这一时代洪流中的众生相,本文中的丁裕民作为扶贫干部,也是时代新人的有力象征,积极投身于错综复杂、事无巨细的基层工作中,以自身取得的不俗实绩为脱贫攻坚做了最美丽的注脚。

与以往的小说相比,三人都有了新的不同层面上的突破,即不再局限于对单个村庄的素描勾勒与温情注视,而把目光投向整个社会。新时代的强势冲击,即使偏僻的村庄,也会受到不同程度的波及。季栋梁后期小说呈现出新时代下的审美风貌,审美意识相较以往,也有了很大变化。近年来,宁夏小说的时代性都极其鲜明,表明了宁夏作家逐渐摒弃以往狭隘的地域文学创作方式,而积极向时代看齐,留意着地方性变革带给人们的心理触动,将审美视角转向更为广阔的生活天地。

二、外来文化的多维借鉴

宁夏地处中国的西北地带,地理位置相对而言比较偏僻,远离了中国政治、经济、文化的中心,是比较边缘化的一个存在。大部分宁夏作家就是在这样一个相对封闭独立、自给自足的地域环境中成长起来的,"他们坚定而执着地向中国优秀的古典文学创作传统学习,心态沉稳,不慌不忙,朴素

---

① 牛学智.文化城镇化与季栋梁小说[J].当代作家评论,2019(6):139-145,124.

而单纯地看取世界，描写生活"①，从而奠定了自宁夏文学诞生之日起，就有着厚重朴实、纯粹美好等审美特质的基础。"宁夏作家的创作具有鲜明的本土化特色，具有独特的地方性乃至民族性特征，他们普遍内功深厚、情感真纯，不随风，不盲从，保持着相对的纯粹性、封闭性和独立性；他们无不立足于自己脚下的大地，无不执着于西北乡土的风俗人情。"②当然，这是宁夏文学其中的一个审美面向，并不是其全貌。

纵览近年来宁夏作家小说创作的审美旨趣，可以发现一个有趣的现象，那就是他们都不约而同地主动借鉴西方文学表现形式，诸如意识流、魔幻现实主义、新写实主义等写作手法，从而使宁夏小说的审美景观日益丰满成熟，彰显出独特的审美品质，揭示了较以往不同的审美意识，让我们对宁夏文学充满另一种别样的期待。

张贤亮的长篇小说《一亿六》明显代表着其创作生涯中审美取向的又一大转变，"它通过一个'优异'人种的成长过程，为我们全方位地展示了一幅当代社会现实的风情画卷。"③此时，作家已摆脱了之前政治小说的明显痕迹，较为成功地启动了一种全新的审美机制。这得益于作家对外国优秀文化的有益汲取，热衷于借鉴外来文化的有利因素，使之成功进入自己的文学创作，进一步提升了小说的审美境界。与以往相比，这部小说的写作特色有了很大改变，以黑色幽默的话语无情抨击与鞭挞了社会中的丑恶与灰暗现象，企图警示读者在传统伦理不断被金钱利益逐渐解构的现代社会中，真实与荒诞的界限变得越来越含混不清。对人物内心世界的勘测与探察极为巧妙精到。

小说还将一些神圣语言有意放置在粗俗不堪的话语环境中，从而有力实现了对神圣话语的无形消解，进而达到一种极具讥讽性的审美效果。尤

---

① 郎伟. 巨大的翅膀和可能的高度："宁夏青年作家群"的创作困扰[J]. 宁夏社会科学,2017 (3):240-246.

② 张富宝. 宁夏文学六十年:历史、现状与问题[J]. 朔方,2019(10):154-170.

③ 李生滨. 宁夏文学六十年:1958—2018[M]. 银川:宁夏人民教育出版社,2018.

其是文中讲到陆姐跟小老头在一起时,小老头随时吟诵的古诗文在当时语境下显得尤为不合时宜,颇有讽刺效果,如"如果不嫌老朽丑陋,玷污美人,与我共枕同衾如何,真是'满目山河空念远,落花风雨更伤春,不如怜取眼前人'!"①张贤亮小说创作前后期的审美意识差别比较明显,"尤其是后期的长篇,在其一贯的'自叙传'基础上,张贤亮尝试各种先锋实验的叙述策略,不怕粗疏和暴露。他用尽气力,变换叙事的方式讲述了自己、考量了世事,因张扬而开阔,因戏谑而深刻。"②

马金莲的短篇小说《蝴蝶瓦片》则深情地讲述了一个小女孩对残疾人由最初的惧怕到怜悯的复杂心路历程。作家以惯用的孩童视角对陌生化的成人世界进行审视与观照,整体叙事进程客观冷静,并无太多大起大落的情节设置,而以女孩的心理活动为叙事动力推动情节的发展。"瓦片上的蝴蝶最终会落到哪儿,我不去追究,也不留恋。"③文本大量运用意识流的写作手法,较其以往小说中的审美意识有了很大突破,这是作家积极学习西方艺术技巧的最终结果。此时,作家小说的审美意识更加趋于一种繁复多变,审美样式也呈多元景观。马金莲在文学创作中始终不满足仅对中国本土文化的一味吸收,尤其近年来,以她为代表的宁夏作家有了更多机会接触外来文化,通过多种渠道领略了外来文化的独特魅力,在对外来文化的不断扬弃中逐步确立起各自的创作风格。他们尝试摸索出一条把中国本土文化与外来文化实现更好结合的路径。也唯有如此,宁夏文学,乃至中国文学的未来发展道路才可以越走越宽,最终走出了一条真正的"康庄大道"。

宁夏女作家阿舍是一个浪漫主义的维吾尔族女性作家,在文学王国里自由驰骋,尽情发挥自己的才情,诗化语言穿插于灵动的叙事思维之中,使文本焕发出全新的审美魅力,有力地打破了以马金莲为代表的女性作家惯用的叙事模式与语言策略,从而建构了典雅优美的语言叙事风格,给人愉

① 张贤亮.一亿六[M].贵阳:贵州人民出版社,2013.
② 李生滨.宁夏文学六十年:1958—2018[M].银川:宁夏人民教育出版社,2018.
③ 马金莲.蝴蝶瓦片[A]//碎媳妇[M].银川:宁夏人民出版社,2012.

悦的享受,流露出丰富的美学韵味。她的长篇历史小说《乌孙》通过对既往历史的巧妙追溯,将读者成功带回遥远的历史记忆深处,慢慢揭开那段被历史烟云尘封已久的序幕。但作家又非仅为大众讲述一段纯属客观的历史,更是精心搭建起一座通往乌孙的象征意义上的"天桥",把一个在伊犁河流域生存的民族慢慢带回我们的视野中。小说文句极其新奇独特,给人耳目一新之感,迥异于以往宁夏小说的审美形态,呈现出一种更加幽深空灵、奇异诡谲的独特美学气质,如:"彼时,他高大严密的圆形寝帐还将他挽留在深深的黑暗中……仿佛使他置身于黑暗的中心,而他的双眼却如同沐浴着光明,再清楚不过地看到了那团白色的影子。"①

细腻空灵的句子不断地构建起阿舍小说诗性的审美空间,让读者持续沉浸其中,激起了内心的诗性情感,吻合了大众的审美意愿,并满足其审美期待。阿舍在积极主动地学习外国优秀文学作品之余,同时也深受来自西方各种文学思潮的影响,其审美思维也开始趋于多元化,不再局限于之前单一的创作路线,而是逐渐打破旧有审美意识的窠臼,开拓出全新的审美路径,小说也呈现了奇特的审美景观,为宁夏小说打开新的审美视域空间,促进了宁夏小说美学的发展。"如果说阿舍之前的写作是在淡化地域性和民族性,那么在这里,她在转变其思想理念,试图通过地域性和民族性这种有限的生命形态,进入到一个普世的有着人类共生性的精神世界,以此来表达出全人类的共同价值,这才是她文字真正的'精魂'所在。"②

平原、曹海英、计虹、鲁兴华、郭乔、董永红、马悦、瑶草等宁夏女性作家都是如此,她们对都市生活中小人物的密切关注已经逐步引起了大众的注意。尤其值得注意的是,这些宁夏女性作家皆乐于向国外优秀作家"取经",她们经过短暂的思考,果断抛弃了那些狭隘的民族主义与地方主义的思想,而是转换为谦卑与包容的心态,选择对待外来的文化,无论是深挖都

① 阿舍.乌孙[M].北京:中国国际广播出版社,2011.
② 宁雅婵.自由行走的生命之花:读阿舍小说集《奔跑的骨头》[J].黄河文学,2014(9):123-125.

市女性独特审美心理经验的主题意蕴,还是小说中多种写作手法的审美化呈现,她们都已经"修炼"得炉火纯青,并继续向创作"高峰"冲刺,在对平凡生活的立体性追问中始终贯穿着对生命意识的强烈怜悯,全新审美意识的诞生已成为近年来宁夏小说创作中重要的审美表征。

在小说创作过程中,平原、曹海英等也常常从本人记忆库里随意调取恰当的语言,安排、穿插在文本中。如平原的小说《双鱼星座》与曹海英的小说《黑暗中的身体》,其中大量动词与形容词的随意拼接与组装使句子产生陌生化因子,打破了旧有的格律规范,形成陌生化的审美效果。原本单调冰冷的文字经过作家后期人为地审美化加工改造,又被赋予了全新的审美意识形态,进而主动承载起创作者的主观情志与审美意愿,且不断超出读者的审美阅读期待,真正实现了对文本诗意语言的审美化表达,丰富了文本的审美内涵,增加了张力,使宁夏女性文学始终充盈着朦胧的诗意美。

新时期以来,宁夏作家普遍意识到在文学创作中固守传统审美范式是一件多么"危险"的事情,尤其在全球化联系日益紧密的当下,审美思维的僵化不仅造成作家创作道路上较为严重的停滞不前,还势必将阻碍宁夏文学的长期发展,导致宁夏文学陷入新一轮审美困境。作家只有时刻保持对文学样式的新鲜感,不满足于单向度的审美思维,而是慢慢培养多向度的审美习惯,审美意识才会呈现出多面向,小说的审美空间才会得以有效拓宽,审美主题的多重呈现方可得到保障,审美表达的多元化才会有新的可能性,宁夏文学的审美底色才会厚重丰硕,进而更好地融入中国当代文学的时代大潮。

当然,这并不是一蹴而就的,不仅需要作家日积月累地展开学习与反复实践,同时也需要拥有开放包容的心态,积极学习与借鉴外来的种种优秀文化。当然,在立足于本土文化的基础上,既要看到外来文化的某种长处,也要留意其不合理的地方,在不断地筛选与借鉴的过程中反复形成自己独特的审美习惯,为以后的小说创作打开多维的视角提供某种便捷,这必将有力丰富宁夏小说固有的审美资源。

第二章

新时期以来
宁夏小说审美主题的流变

在一定程度上,我们可以这样说:审美意识是审美主题的显要内核,审美主题则是审美意识的一种外在表现形式,二者简直互为一体、密不可分,且通过小说这个物化的形态得以尽情地彰显。审美意识的生成因素较为多元复杂,在特定时代背景下才孕育出相应的审美意识,反映出某种相应的审美主题,且有着内在的规律性。"面对当下中国社会复杂深刻的变革和转型,真正意义上的小说家会饱受时代裂变所带来的思想的困惑、精神的阵痛和心灵的煎熬……唯其如此,才可能真正把握时代的脉动,才能真正贴近世道人心,才能真正洞穿时代的迷雾,接受灵魂的洗礼,生发有智识的思想,从而有效地介入生活的肌理,并最终参与时代精神的建构。"[①]

宁夏作家的人生阅历、生活体验与心理经验各不相同,自然会创作出具有各自审美品格的小说作品,审美主题也纷繁多变,呈现出斑驳多彩的审美面向。因此,较为系统性地掌握新时期以来宁夏小说审美主题流变的规律难度同样较大。本章试图从历时性与共时性两个向度分别展开论证,以石舒清、郭文斌、张学东、了一容、查舜、火仲舫、平原、曹海英、计虹、鲁兴华、马悦、马金莲、瑶草、冶进海共计十四位作家的小说作品为重点关照对象,通过探析宁夏小说审美主题的流变,更加真实全面地反映出审美主题流变的潜隐规律。换言之,宁夏小说审美主题的流变过程,也就是作家对自我不断反思与省悟的幽微和复杂过程。

"宁夏作家的文学作品在乡村与城市、传统与现代、精神与物质的书写之间,正日益成为中国当代文学中一道独特而不容忽视的景观"[②],以我国当代的回族小说为例,"纵观半个世纪以来的回族作家文学世界,题材丰富、体裁多样,从历史到当下,从现实到理想,从乡村到城市,回族作家艺术表达的基调都是极朴素的,作者运用精简内敛的语言和情节进行叙事,但

---

① 赵炳鑫.城市叙事的可能性表达:谈谈计虹的小说[J].朔方,2020(12):157-161.
② 苏涛,郎伟.在生命的纵深处渗出光亮:2017年宁夏中短篇小说创作述评[J].朔方,2018(5):162-168.

却能带领读者进入一个背载厚重历史,涵养深沉情感的审美艺术世界。"①
鉴于宁夏作家群体的壮大,本章特意选取了以上九位代表性作家,同时基
于以下一些因素的考量:一,从性别的维度来看,其中既有男性作家,也有
女性作家。二,从创作的主题来看,既有乡土主题,也有都市主题。三,从
小说的代际特征来看,较为全面地覆盖了新时期以来的各个阶段,也具有
一定程度的代表性。

第一节　传统与现代的分野

　　众所周知,"从'一棵大树'(张贤亮)的'横空出世',到'三棵树'(石舒
清、陈继明、金瓯)、'新三棵树'(季栋梁、漠月、张学东)的惊艳崛起,再到
'文学之林'('宁夏作家群''西海固作家群''宁夏诗人群''文学银军'等)
的茁壮成长……'小省区'的'大文学'终成气候。"②因此,探析新时期以来
宁夏小说中蕴含的丰厚审美意蕴成为应有之义,尤其历经了四十多年的发
展变换,其审美主题在暗暗发生着变化。

　　时代的飞速运转让我们率先步入了"物质的天堂",而在各种新媒体泛
滥的时代,我们往往显得更加彷徨无措、无所适从,它们虽带给我们生活上
的种种便利,但自其诞生之日起,便自然而然地携带着一股"魔性"的力量,

---

　　① 马慧茹.当代回族作家的文化认同与审美表达[J].武汉理工大学学报(社会科学版),
2016,29(4):741-746.
　　② 张富宝.宁夏文学六十年:历史、现状与问题[J].朔方,2019(10):154-170.

强势吞噬着生存于其中的每一个个体生命。长此以往,更是导致人与自我、他人、社会的隔膜日甚一日,传统文化的持续性断裂又反复加剧了我们内在的精神危机,久而久之,在这个自由年代里,我们反而普遍陷入并"不自由"的精神状态。而在传统文化形式保存相对完整的传统乡土社会中,人们虽然面临着一些生存的窘境,但人与人之间的温情却能使人们常常超越苦难时刻给予的"负重",精神上往往是相当富足的。优秀传统文化在他们身上得到了很好的承继与进一步发扬,民族精神的"火种"得到了完整的呵护,在人文精神陨落与信仰危机弥漫的后现代社会语境中,这种审美取向显得尤为重要。

一、传统文化:哀婉的追思

宁夏作家往往通过对乡土社会的诗意化书写,实现对生存与精神苦难的双重超越,人们的苦难得以明显消解,精神上也获得了超脱。边缘人物始终内蕴着作家强烈的情感寄托与审美理想,作家通过对人物主体的审美化塑造,暗隐着强烈的寻根意识,即从中华优秀传统文化中汲取磅礴的精神力量,以便获得继续前行的勇气,体现出中华优秀文化有着极其振奋人心的特殊功效,中华民族的伟大精神对现代异化的伦理关系有着强有力的"修复"作用,愈加彰显出民族精神在当下的显著时代意义。宁夏小说中普遍流露出对乡土社会的追忆,对中华民族优秀传统文化在当下的逐渐流失表示出深深的内在忧虑。作家的这种审美情感不仅含有民族原始的思维习惯,还带有对世界朴素性质的观察,他们以现代社会下的人性异化为切入口,对新型社会形态衍生出的小市民文化予以辛辣的讽刺与挖苦,进而展开对传统乡土文明的挽歌式凭吊,情感极尽哀婉与凄切。

宁夏著名作家石舒清的《苦土》《灰袍子》《暗处的力量》等早期小说集几乎无一不以西海固为地域背景,而文中人物也都以其身边的亲人或邻居为原型塑造。作家灵活地调动其丰沛的艺术想象力,尝试把记忆与现实中的西海固图景进行一系列的糅杂与调和,也着意过滤掉太多驳杂与惨痛的心理伤痛,进而建构出一个理想中的"诗性家园",现实生活中的苦难在小说中得到完全净化,从接受美学的角度来看,小说给予读者一定程度上的心理安慰。但仍需注意的是,此时其小说还是主要围绕"疙瘩梁"这个作家建构出的理想家园层层铺设,而并未结合时代大潮真正实现"走出去"。作家通过对当地居民日常生活的审美化描摹与勾勒,传达出作家对地域与民族文化强烈的热爱。这时,作家尚处于创作的初级阶段,生活阅历与心理经验尚不丰富,故审美主题相对而言较为单一。

而纵观石舒清的后期小说创作,则可以发现,因时代与地方的变革不断侵入作家的日常生活,故作家在沿袭前期创作路径的同时,创作主题与审美趣味都在慢慢发生着改变。不变的是前后期都有着对家园的浓厚情感与对真、善、美的执着追求,变化的是作家在有对现代生活的亲身体验之后,更加渴望唤回传统美德,对传统文化的认同意识较之前而言更加强烈。当石舒清立足于现代生活场域,身体与精神的双重焦虑使其时常处于一种极为压抑的状态,心灵的调适总是伴随着种种阵痛,对简朴的传统生活方式的回望在当下却总显得有些哀婉与无力。

此时,作家已把单一的地域文化与中华民族文化进行了合理有效的嫁接,文本内部始终隐含着对中华文化强烈的归属感,他盛情歌颂了各民族间于困境中相濡以沫的互帮互助精神。其长篇小说《底片》中"汉民干妈"一章中写道:"也没有医疗点,买点阿司匹林四环素也只得到县城去。"[①]可恰在这样简陋的生存环境下,汉族女性却主动承担起教育当地学生的义务,帮助当地人民摆脱那种愚昧的生活状态。这个汉民干妈身上具有的超越民族的博爱情怀也深刻影响了当地的回族人民,这对促进民族团结来说,可谓大有裨益。人类命运共同体意识在文本中尽显无遗,有力地表现出作家对人类命运的终极关怀。

---

① 石舒清.底片[M].银川:阳光出版社,2012.

"石舒清的小说创作不但是民族的,而且也是现实主义的,他的小说是现实主义文学精神民族表达的样本。石舒清对城市化时期底层民众生活的关注,以及他对疗救当代社会人文精神危机途径的探索,都具有重要意义。"①最终,作家发现只有对中华传统文化的汲取才是疗救现代人们精神危机的"良方"。

郭文斌的长篇小说《农历》取材于中国的优秀传统文化,文本以农历节气为章节,以两个孩童为叙事的主体,饱含深情地讲述了他们在日常生活中由于时常接触到中国传统文化,在大人教育之下,对其由陌生到逐渐熟稔的全过程,体现出中国传统文化对现代人心灵浸润式的影响,以及中国传统乡土文明本身具有的静穆与安详。文中写到六月与家人守夜的场景:"一家人坐在上房里,静静地守夜。"②作家对守夜场景的诗性呈现对现代逐渐异化的人性显然有着一种疗救与治愈的神奇"功效",带给现代读者一种审美上的愉悦,且隐喻了以守夜为象征的传统文化在现代文明侵蚀下日渐消弭的窘况,不可避免地流露出作家对此深深的哀婉之情。

郭文斌的短篇小说集《吉祥如意》同样以姐弟俩五月与六月的孩童视角,尽情展现中华民俗文化的独特魅力与价值,诗性语言的灵活运用为小说平添了独特的艺术魅力,使文本始终渗透着朦胧的诗意美,体现出作家坚守着新时期以来宁夏小说诗意语言的固有叙事传统。徜徉在作家倾心建构的诗性审美空间中,读者不禁也跟随着五月与六月的脚步,在日常生活的平凡点滴中感悟优秀传统文化的价值。作品流露出浓郁的文化氛围,给读者身临其境之感。

作品中不时提及父亲念的祭词:"出门一望麦儿黄/这儿端阳/那儿端阳/处处都端阳。"③因此,作家郭文斌的小说往往都有着较为丰厚的审美文

① 王兴文. 现实主义文学精神的民族表达:石舒清小说创作论[J]. 宁夏师范学院学报,2018,39(2):34-41,57.

② 郭文斌. 农历[M]. 上海:上海文艺出版社,2010.

③ 郭文斌. 吉祥如意[M]. 银川:宁夏人民出版社,2008.

化价值,这得益于作家对生活的深刻洞察,也展现了作家的文化自觉意识。对现代人的审视与反思、对民族文化的坚守成为郭文斌小说创作中的重要审美主题。优秀的民族文化始终发挥着对人的引领作用,而对民族精神的遗弃则是"都市之子"日益"阉割化"的一个重要缘由。

石舒清与郭文斌的小说均成功地建构了西海固独特地域的诗性空间,流露着丰腴的生态美学意蕴,彰显出丰厚的人文精神价值,从中透视出作家以重建美好家园为宗旨,积极倡导人与自我、他人、社会的生态和谐与生命互动,带给读者丰厚的审美意旨,体现了在中华民族文化心理指引下的美学情趣与审美追求,对中华优秀传统文化的强烈认同有力引导着其创作的深层审美取向。

语言是作家心境与自我情感的一种外化形式,语言形式在二人不同小说中以迥异方式得以审美化呈现,可以借机管窥出创作主体的情志并有力拓展出文本诗性审美想象空间,诗化语言的穿插与生态美学意识的流露使其小说在当下更具欣赏价值与时代魅力。宁夏作家精于通过语言技巧把宏大主题内化到小说中,使其得以审美化呈现,哀婉与澄静是其基本底色,表明作家有着高超的文学素养与内涵,对中华优秀传统文化的回望与依恋是近年来宁夏小说创作的重要审美主题。因为宁夏作家往往立足当下追溯逐渐消逝的传统生活美好状态,且普遍流露出对中华优秀传统文化在当下逐渐流失而产生的文化焦虑感,因此,作家的追思就普遍多了一份哀婉与悲伤共存的幽微基调。

二、现代文明:忧虑的反思

新时期以来,中国的现代化建设是一个循序渐进的过程,在其发展进程中,处于这个链条上的人们也往往经历着较大的心理波动。因此,对现代化进程下人性的深层观照往往成为宁夏作家达成的一种普遍性共识。

中国从传统乡土社会进入全面现代社会的这一历史巨变势必会使整

个国家的精神面貌焕然一新,物质文明的大踏步发展使人类始终居于一个较为高端的地位,而相比之下,精神文明的发展似乎稍显滞后。新时期以来,宁夏小说创作的审美主题便总是聚焦于作家对现代文明所作出的深刻反思。这种反思又往往显示出另一种深深的忧虑,在这种氛围的无形引导下,宁夏作家易于生成相似的书写策略与审美主题。

张学东的长篇小说《超低空滑翔》是其早期的代表作之一,原刊于《作家》2008年第3期,距今已有十几年。该小说就曾以其取材新颖、构思奇特、形式多样、意蕴深沉等多种审美特质而轰动一时,引起人们争相传阅。即使已经时隔多年,读者重新翻开这部作品,依然能够从中汲取肥沃的精神养料。读者不禁慨叹小说人物那离奇的人生遭际,以及他们在时代急剧转型中难以掌握自身命运的凄惨与悲凉,这对启迪当下人们的心灵智慧可谓大有裨益。

该小说取材于作家本人的亲身经历,同时也是中国首部聚焦于民航题材的小说作品。作品深情讲述了主人公白东方因父亲的意外死亡,自己在民航工作岗位上随之发生的种种转折与际遇,既有力地揭开了民航工作的神秘面纱,又深刻地剖析了民航人独特的人生价值和意义,对现代社会中人们之间普遍存在的"情感荒漠"给予了一记重击。该小说以民航人的日常生活为重要切入点,凭借作家对现实生活的犀利洞察,有力揭示且猛烈抨击了其中不合理的因素。

作家力图把现实生活中的真实一隅完全展示给读者,既不丑化,也不作刻意的美化,而是尽力还原生活的本来面目。小说始终流露出以讥讽为特色的另类审美韵味,强有力地表现出作家对现代性的深刻反思,也体现出作家一直坚守着的现实主义创作原则。"他的作品深具'幽暗'意识,在'超低空滑翔'的美学操控中,亦闪耀着一种特别的'诗性之光'。"①

张学东执意写出当今时代背景下的众生相,勇于打破以往宁夏小说的

---

① 张富宝.幽暗意识、诗性之光与自觉的写作:张学东长篇小说论[J].中国当代文学研究,2020(3):177-187.

审美桎梏，成功跳脱出乡土书写的"怪圈"，即永远耽湎于对乡村生活的诗意讲述，而果断将目光聚焦于现代文明观照下的众生。作家深刻意识到，随着中国现代化进程加剧，现代性早已无孔不入，渗透进人们的日常生活，融入人们的骨血，内化成构建人们心理机制的基本要素。作家以解剖刀般的锋利切入当代社会内部肌理，洞察潜隐于其中的真相，着实需要非凡的勇气与胆量——在一些作家的笔下，现代文明制度下不合理的一面往往被有意遮蔽。在该书出版多年后，重新审视其丰富的文化价值与审美内涵，探究其丰厚的人文精神价值与独特审美取向，发现张学东实则秉承鲁迅一脉的时代批判精神，对人世间种种丑行进行了犀利的讽刺与批判，毫不遮掩现实生活内部的层层污垢，让其尽可能地出现在"阳光"之下，并进行了赤裸裸的"暴晒"。故其小说往往体现出一种强烈的现实批判性，透过现实生活的种种表象烛照出清晰的内部纹理。

小说讲述了主人公白东方在父亲去世后经历的种种人生变故，极具某种传奇性。生活、工作都给予了他沉重的一击，让他在挤压式氛围中实在难以喘息，但为了生计，只能负重前行，身体与心灵都被迫遭受着双重的压迫。而其他人物也大都体验着人生的坎坷，各自迫切找寻救赎的出路，迷茫无助是其人生的常态，隐忍顽强则是其性格的厚重底色。如小杨秘书升为杨副局长，身份地位的骤然转变有赖于其苦心的经营，不仅有力折射出当代社会小人物琐屑无聊的生活日常，也清晰地烛照出人们隐幽复杂的内心世界。而白东方父亲生前与齐局长的关系实在亲密，儿媳李丹就曾凭借这层关系成功调进民航，后其公公离世，齐局长却把白东方调往更加边远的台站。李丹曾真心实意地为丈夫走向仕途而出谋划策，但委实碍于丈夫执拗地坚守着父辈们"松柏本孤直，难为桃李颜"的人生信条，李丹眼见无望，便趁机对副局长之子投怀送抱，于是夫妻两人在矛盾纠葛中逐渐疏远，终以离婚惨淡收场。另一方面，白东方的同学借其在民航里的关系，不仅从新机场建设过程中牟取暴利，还顺势娶到了齐局长的女儿，事业爱情都达到巅峰的状态。

从人物主体塑造的维度来观照小说,可以发现,张学东笔下的小人物虽然性格迥异,却都熔铸进了作家较为深厚的情感,故他们能够鲜明地彰显作家内在的情感态度及审美取向,体现出作家深层次的悲悯与关怀。白东方父亲与机场第一任局长乃是作家倾心塑造的人物,两人虽然着墨并不是太多,却都是小说中的灵魂人物。正因"珠玉在前",白东方才执意秉承其理想信念,极度渴望在逼仄压抑的工作环境中"出淤泥而不染,濯清涟而不妖"。虽然最终未能成功坚守,还不可避免地沾染上了世俗的气息,逐渐变得市侩庸俗,但作家对他的态度却始终是包容和理解的。小说文本并没有简单地设置人物的性格为单一化与扁平化的片面模式,而是让其随着时间的流动自然发生一定程度的变化,经由作家审美化塑造的人物形象往往有着更加生动鲜活的质地,也更能够贴近世俗人心。其实他们并非不食人间烟火的方外之人,文中的人物极富真实感,仿佛就是我们身边人的真实写照。同时,张学东还善于借人物来直逼当代社会的中心地带,即通过对人性在极端境遇中的多重考问,进而洞察当代社会多面相的审美景观,给人留下思考的空间。

再从主题的角度重新切入小说,可以发现这部作品有着极其鲜明切实的时代主题,即深刻流露出作家对当代社会不合理机制的反讽。同时,作家也深情表达出在现存机制下人们命运难以自主的真实境况。即使是最初恪守父辈精神的白东方,在兜兜转转中也未能免俗,颇有"误落尘网中,一去三十年"的无奈。而小杨秘书、李丹等人易与现存机制达成高度的默契,他们通常严格遵循社会机制既有的模式,显示出极强的适应性,仅动用灵活的头脑、巧妙使用些许手段,就能轻易达到既定的目的。

当今社会的这种不良风气已然甚嚣尘上,张学东也极其敏锐地捕捉到了这一气息。作为一个有着人道主义精神的作家,他自觉地秉承了鲁迅一脉的时代批判精神,有意延续着他们的精神命脉,对人心在特定年代下萌生的种种乱象不再漠然处之,而是毅然地站在其对立面,在"聚光灯"下对其进行严格的多维审视,透过人世间的层层迷雾,洞察其内部机制的构成要素。作家最终发现，看似投机主义的行为背后，实则存在着人类古朴精神的严重流失。在短时间内来看，人们的既得利益得到了一定的保障，但从长远利益考量，不难发现，由于人们古朴等原始精神的逐渐丧失，致使大众心灵普遍生发出种种困惑与虚无。长此以往，这终将会反噬人类，诱使人们陷入更为严重的精神困境。

从书名来看，也颇有几分深意，有着极强的隐喻效果。"超低空滑翔"也非仅指飞机下滑的姿态，而是更多地指向了以白东方为代表的小人物在现实面前一面"俯首称臣"，一面又不愿轻易"为五斗米折腰"的尴尬境况，于是他们只好采取"中庸之道"的处世哲学聊以自慰，以"滑翔"的态度对待万物。他们往往在污淖中已经不能独善其身，但在精神意志上却又不愿同流合污，只能被迫在二者的夹缝中获得一丝喘息。白东方心理转变的过程注定充满着艰难与阵痛，作家也对其复杂的精神世界进行了精准描摹，使读者更好地体悟白东方由洁身自好到逐步成为利益俘虏的这一复杂过程。

《超低空滑翔》是张学东结合了自身经历展开的一场文学漫游，他尽情借助想象的翅膀，给以强烈现实主义为基本底色的小说有意增加了一抹魔幻的色彩，继而展现了与以往宁夏小说略显不同的审美风貌，尝试打开宁夏小说新的审美格局，给人新奇的阅读感受。因此，从美学维度观照文本，发现该小说紧紧立足于时代文化的显性背景，呈现出与同期宁夏小说不同的美学维度。当其他作家还在一味咀嚼、反刍乡土世界的百态人生时，张学东早已悄悄搭上了时代的"早班车"，凭借自己与生俱来的独特心理体验，感悟个人心灵在现代文明规约下的种种"不自由"状态。他通过设置种种特定的情境，让笔下的各色人物逐一"粉墨登场"。作家选择径直深入笔下小人物的内心世界，体悟其喜怒哀乐，并向读者展露他们多样的精神风貌，烛照出时代变迁对个人的潜在影响。

大到都市空间，小到机关部门，在充斥着各种规章制度与教条主义的社会环境中，人们的心灵也趋于钝化，体悟情感的能力正在慢慢消逝。因此，其小说往往有着一定程度的实验性与先锋性，这也形成了作家小说创作中审美特色的基本取向。值得一提的是,这部小说还对各种美好德行进行了不同程度的解构。白东方的父亲与机场第一任局长从一开始便由于不同原因未出现在读者的面前,永久地实现了与文本的强制性脱离。他们皆是作家钟情的人物,身上也凝聚着中国传统美德的基本元素,而他们在文本中的缺席显然是作家有意安排,不无机巧地暗示了下文中众多人物的滑稽出场皆是一场场可笑的闹剧,令人唏嘘和慨叹。

《超低空滑翔》似一把刺向现代文明的"利剑",用力拂去了其身上的"遮羞布",使一切被掩盖在生活表层之下的"真相""水落石出",一切显得那么凛冽和澄澈,给读者还原了生活的本来面目,进而感悟到现代文明在带给我们便捷生活体验的同时,也不可避免地产生了一些新的精神危机,令人警醒。唯有通过对中华民族优秀传统美德的不断回望与捡拾,人们才有可能重新获得心灵的救赎,这是小说极力向读者所传达的重要理念,同时,作家也希冀当代人可以实现对传统美德的重新唤回。

张学东的另一部长篇小说《尾》则是"扛鼎力作",甫一发表便广受读者的追捧,一时间好评如潮。究其深层次原因,则是作家勇于立足现代社会物质文明迅猛发展而人文精神日益衰落的现实窘况,以"铁肩担道义"的胸襟与气魄,对现代都市的物质生活景观进行了精准描绘与雕刻,烛照出现代都市意象空间背景下各色人物卑微隐忍的生存状态。同时,作者对他们隐秘且丰富的情感世界进行了细致的描摹,试图真正揭示出生活的本质与赤裸裸的"真相"。作家径直深入到现实生活的内部肌理,执着地探寻附着在人性上的"悲与喜"和"善与恶",对隐匿在人性深处且不为人知的种种劣根性展开了抽丝剥茧般的挖掘与透析,使"真实"得以自然而然地跃出生活的表层,极强地突出了文本讽刺美学的艺术效果。

在其开篇的"隔离"一章中,主人公马家驹因为生了一种红疮,着实奇痒难忍。但马家驹因伸手去"挠"这一个简单的动作被老师视为另类,惨遭所有人的隔离,同学纷纷远离他,自此,他的性格逐渐变得孤僻阴郁。后来,马家驹的妈妈无意中发现儿子的画,其中除了动物没有尾巴之外,人的身后竟然都长出了大大小小、形态各异的尾巴。作家于不动声色之中将深受心理创伤的男孩带到众多读者的面前。文本强烈隐喻了在物质条件快速发展的当下，我国教育机制的种种不完善，并表现出了一种深深的隐忧。这不仅表明孩子家驹正在遭受着鲜为人知的心理创伤，同时也暗含了在现代文明高度的物欲下，人心的各种乱象导致人们的日益冷漠与精神高地的坍塌。

《尾》的男主人公牛大夫同样在现实生活里跌跌撞撞、负重前行，在其去接女儿的路上，由于一时疏忽，竟然撞倒了一名年迈的老人。本来只是想把压在老人身上的摩托车移开，进一步检查其身上的伤口，但老人与围观群众却一致认为要保护好"案发现场"，不让牛大夫触碰老人身体。后来的事态竟然愈演愈烈，逐渐发酵到网上，牛大夫竟然招致各地网友漫天的恶意攻击与激烈谩骂。网络的迅猛发展在给人们提供便捷的同时，也滋生出种种难以回避的严重问题。人们在各种网络媒体上可以随意发表恶意评论，而完全不用担心承担相关责任。人性里的猜疑、妒忌、愤恨等种种阴暗心理此时得到了可尽情释放的平台，作家对网络时代的弊端表现出一种实在的隐忧。

围观者的麻木不仁、哗众取宠、幸灾乐祸、勒索敲诈等多种言行举止，不得不说是 20 世纪之初鲁迅笔下"看客"文化的延续。当代人的极端物化不断侵蚀着其精神家园，长此以往，人们原本丰富多彩的情感世界也将日渐萎缩，继而会逐渐物化成利益的"奴隶"，丧失人类最基本的情感需求。对此，作家不禁产生深深的隐忧，并提出了深切的质问：立足于现实当下，我们要想重新获得富足的精神文化、健全的人格素质、高尚的灵魂品格，应该何去何从？而就作品的美学风格流变而言，则可以简单地下这样一个论断："张学东的长篇小说创作是一个持续成长与蜕变的过程，由开始的生涩单纯逐渐走向现在的凝重繁复，形成了一种'静水流深'与'悲怆凝重'的美学风貌。"①

　　新时期以来,人们的物质生活水平较以往有了显著提升,然而物质文明的飞跃式发展并未立即带动精神文明相应的进步,二者在现代社会空间下产生了明显断裂,如何更好实现二者在新时代下的接续成为摆在大众面前的一道难题,时刻叩击着人们的心灵。人们精神家园普遍性的缺失已成为后现代视野下的一道特殊景观,张学东在众声喧哗中却始终保持着高度的理智与清醒,执拗于探察人性的幽微,洞察潜隐于喧嚣社会中的本质规律,在不断的尝试摸索中,诧异地发现在逐渐异化的人际伦理关系中,个体精神的极度焦灼与灵魂的无处安放是现代社会的主要表现样态。

　　同时,张学东还触及了那些网络媒体背后的普通大众,并始终关注着这一特殊群体的发展动态。作家深刻意识到在网络媒体如火如荼、大行其道的时代,人们往往急于发表自己的见解,而未进行全面充分的理智思考,在接受铺天盖地的网络信息过程中,也通常未加以细密筛选,一味全盘接受,个体思想上的偏颇致使集体行为更加趋于极端,体现出一种特殊情境中的集体无意识,这是需要引起大众警惕的,网络机制之下真实的话语声音往往被淹没。牛大夫撞人事件一出,各种网络信息纷至沓来,绝大部分指责牛大夫故意撞人,不仅严重违反交通规则,还使老人身受重伤,人们以讹传讹,而未清晰看透事件真相,人们之间的信任转瞬间被撕毁,信任危机时代已经到来。置身于如此令人错愕的时代环境中,人们的危机感似乎如影随形,稍有不慎,每个人都有可能成为下一个"牛大夫",被无端地搅进强大的舆论旋涡中且难以轻易挣脱。在现代社会的特殊运行机制下,张学东察觉到人们易被利益所主导与驱使,乃至直接物化成其"傀儡",而丧失了人类最基本的道德修养。

　　身为有着良知与强烈道德感的作家,张学东对此种乱象没有熟视无睹、任其发展,而是精巧地通过文学这种艺术形式尽可能地全方位呈现给

---

　　① 张富宝.幽暗意识、诗性之光与自觉的写作:张学东长篇小说论[J].中国当代文学研究,
2020(3):177-187.

读者生活的本来面目，并最大程度地还原人性在极端境遇中的不同表现样态，对人物形象既无刻意地美化，也无蓄意地丑化。因此，其小说中的人物往往活灵活现、呼之欲出，仿佛正在我们身边，甚至就是我们本人的缩影与真实写照。作家希冀通过此种形式的文学建构，让读者得以反省自我与他人、社会的多重复杂关系，并在一系列关系网中重新寻回、确定自我的位置，坚守自我的本来面目，而不必沾染过多的杂质。

《尾》成功地塑造出个性鲜明的人物群像，他们在彼此的世界里相互介入与周旋，亲身感悟由自我与他人共同参与建构的世界景观的丰富性，并在多样性的文化景观中不断重塑着自我的价值观、人生观与世界观。在文本整体建构过程中，张学东毫不回避人性的相互倾轧与挤压，而在立足当下社会现实的基础上，充分调动所思所想，尽可能巧妙地设置多样情境，把具有迥异身份地位、性格特征的人物随意植入同一个场域，让他们彼此之间生成内在的种种关联。不同人物的命运轨迹就这样被作家串联到了一起，他们相互之间的矛盾、纠葛、误解、和好都随着作家的有意安排而在发生细微改变，"牵一发而动全身"。因此，除却小说中多样的人物性格典型塑造外，其内在情节也更加趋于紧凑，这对文本主题意蕴的有效传达发挥了显著作用，故小说也有着极强的审美张力，强烈激起了读者的阅读兴趣，带给读者与众不同的阅读观感与审美体验。尽情徜徉在作家倾心建构的文学场域中，读者心灵也时刻受到触动，在不断反思现代文明给予我们的伤痛之后，开始体悟人生的真正价值与意义。

基于这个维度，《尾》带给我们的启示远远超出了文本自身的内容含量，从而具有了一种较高的美学价值，即对现代性的深深的忧虑与反思，为当下的我们敲响了警钟，让我们懂得在现代文明规约下要学会如何进行自我反省，这种价值观念也必将长期指引众多读者，给予其思想疗救与精神上的抚慰。放眼中国当代文坛，这篇小说以其价值理念，必将占有一席之地，为更多的后来者提供思想上的深度启迪。

宁夏作家了一容的短篇小说《绝境》生动有趣，讲述了两个男孩章哈与虎牛双双被骗至遥远的青海淘金,在历经打骂、出逃的艰难过程中,虎牛最终惨死荒漠,章哈却幸运存活的故事。其他沙娃也大都是类似的悲惨结局,即"几乎都是九死一生"①。小说文本的整体基调偏于冷暗阴鸷,每当近在咫尺的希望即将来临的时候,绝望却又总是如影随形,生存与精神苦难的双重压迫时常把二人推到生与死的边缘地带,自然环境的极端残酷、老板的心狠手辣都让他们屡屡深感绝望,对不公和残酷命运的坚决反抗自然成为他们始终无法选择的人生底色,也理应是整篇小说的主旋律。命运的残酷与对命运的坚决反抗在文本中构成了一种显性的二元对立关系。人性之光只有在苦难之中才会显得愈发耀眼,坚韧、顽强等传统美德无一不是脱胎于沉重苦难之中。

小说将主要人物巧妙设置在特定的极端情境内,对主人公处于生存绝境下的心理状态与精神风貌进行了极为精准的描摹与刻画,从而有机呈现出人性的复杂多变与多重的美学样式。身处纷繁复杂的社会现实中,人们唯有保持与苦难始终相抗争的顽强姿态,才能真正化解苦难。文本始终高扬着苦难美学的鲜明旗帜,引人不断深省与反思。

了一容的短篇小说《一树桃花》则通过深情且不疾不徐地讲述哈代、飞飞、云云、老海四人在卧阳岗的一段短暂劳作际遇,意图深切传达出天道是世间最公平的正确理念,从而希冀激励普通大众一定要勤恳踏实、努力劳动,以此获得天道垂青。迥异于作家以往对现代化进程下底层小人物极端悲剧命运的深层人文观照,这篇小说明显较为平实与和缓,在情感维度上,也相对更能贴近现实大众的生活常态。作家较为精准地描摹了那些始终游走在现代化边缘小人物的种种生存状态,以及他们内心深处对田园生活的希冀与短暂逃离现代生活后的心灵栖息,由于长期处于现代化的场域中,他们的精神状态难免高度紧张,长此以往,其身心也容易受到极大的损伤和破坏。

---

① 了一容.绝境[A]//去尕楞的路上[M].北京:人民文学出版社,2006.

"哈代要这个园子,不是指望它能够发财,他的意思就只是想种几棵桃树。"①因此,哈代才选择在卧阳岗寻找一片归隐的净土,又因其受到唐朝诗人崔护《题都城南庄》的深刻影响,故又在此种了一树桃花。因此,哈代才可以借机从极其压迫的现代化空间中强行抽离,在大自然中重新获得心灵的安慰。这体现出作家对现代性生活的一种深刻反思。

了一容早在其童年时期就已经开始了漫长且艰辛的流浪生涯,较于常人,委实经受了更多难以言明的苦难,他的小说自然地有机呈现出一种着实粗粝质朴的审美特性,也时常流露出透视人心的质地感与悲怆感。作家倾心于书写那些被命运推到生死边缘的另类主体,深度探察这些底层人物丰富驳杂的内心世界,进而强有力地彰显了自己沧桑厚重的悲悯情怀。与此同时,作家还一直致力于书写个体生命的人与自然之间的内在幽微关系,以及在特定地域文化背景下的人心、人性在时代裹挟中的各种幽微复杂的状态。他以充斥着人道主义的深情笔触和内在的人文关怀,始终尊重笔下的芸芸众生,对他们无不倾注着热忱的爱与深切的悲悯。然而,值得警醒的是,作家并未简单地停留在对苦难的猎奇与一味渲染上,而是极其努力地挖掘出整个事件背后潜隐的"真相"与"事实",即人性在现代复杂社会中的逐渐异化。

了一容个人的特殊经历决定了其小说的整体基调往往是偏于冷暗阴鸷的,给文本赋予了苍凉悲怆的西域风貌。他对底层社会的烛照异常透彻,在文本中建构出一个奇特的西部世界。小说叙事的变形与荒诞、意识流的随意穿插与运用、魔幻现实主义的深层流露,可以看出作家明显受到西方后现代主义文学的直接影响,文本也呈现了内蕴的审美张力。了一容用新奇的艺术构思架起逼仄的生存空间,生存苦难与精神苦难的双重压迫让主人公深感窒息,人性倾轧竟是如此的惨烈,这些均得益于了一容本人有着绝望的生存体验与新奇的审美视角。了一容对伦理异化的深深隐忧、

① 了一容. 一树桃花[J]. 清明,2020(2):139-144.

对民族文化的强烈寻根、对传统文化的深切回望,彰显了优秀文化可以凝聚共识的功效,对民族伟大精神的继承与弘扬具有显性的时代意义,从中折射出作者鲜明的创作主题倾向。

了一容用饱含着讽刺的笔触,极力批判了现代社会中由于利益的诱导而道德滑坡的群体。可同时,作家又使用饱蘸着深情的笔触,极力歌颂了那些遭受着人性之恶却仍然顽强反抗的群体。了一容深刻揭示出这类群体由于在现实苦难面前迟迟找不到应有的出路,内心长期压抑痛苦,继而产生了精神危机、违法犯罪等种种社会伦理问题,现状着实堪忧。

张学东与了一容的小说皆关注现代飞速运转的社会下那些普通小人物的生存境遇与心理疑难,他们往往熟知人性深处那些最美好珍贵的东西,可也较为清楚人性之恶的丑态与矫揉造作,这些东西在两位作家笔下都得以相当真实地被还原与展现。作家绝不是仅对琐屑日常一味展览与倾情演示,而是极力挖掘与探明在那些日常生活中,现代人们普遍面临的较为严重的精神性危机以及那些无法轻易忽视却又根深蒂固的"生命之痛"。这完全是一种较为纵深的写作,与以往宁夏作家有着明显的迥异之处,使得他们的小说文本本身充斥着直逼人心的力量,这无疑直接丰富了宁夏小说的审美内涵,进而有力地给予读者较为独特的审美观感与体验。

他们的小说往往建立在较为写实的基础之上,再进一步有机融入作家独特的审美经验与文化体验,以及以多重的叙事视角与较为凌厉的语言风格,把凡尘俗世中那些小人物的命运任意或随机置于较为宏大的时代潮流中,有的人物甚至在虚拟与现实的世界中来回"安放"与"摇摆"。然而,值得读者注意的是,在极其冷峻严苛的叙事背后永远站立着一个有"温度"与"同理心"的作家。

了一容始终以鲜明的民族文化、多舛的流浪生涯、新奇的审美体验,有机地建构多元共生的意象审美世界。粗粝质朴是其作品的外部基调,坚韧顽强是精神内核。其作品尤其侧重于书写流浪者、残疾人、传统女性这三类边缘群体。作家苍凉悲郁的笔触始终彰显着其沧桑厚重的悲悯情怀,对人性的洞察极其犀利，呈现出奇异的审美张扬，其独特的苦难叙事为西部文学增添了异样的情调。作家往往通过对个体的苦难叙事，上升到对民族文化、伦理道德与社会人性的终极性思考，流露了深层次的人文关怀。

在西部的社会背景下，了一容意图借流浪的往事展开一种文学再现，营造出一个具有强烈批判社会现实的精神空间。在这个由回忆与想象不断建构的叙事空间中，作者以大开大合的叙事模式，展开了时空联想，继而成功地打破原有时空的限制，昭示了记忆空间的宏大。人性之恶更是被挖掘得淋漓尽致，这是一个对社会伦理不断解构的意象空间。作者对生态伦理给予了一定的关注，从本质上来说，这也是对人类自身的道德关怀。

欲望引发的道德失范、人性倾轧、伦理解构等都是人格异化的系列产物，这终将导致人类的自我否定。了一容也深刻地认识到，浅层欲望终会掩盖人的本质性需求。所以，了一容毫不犹豫地站在人类命运共同体的高度，对现代社会进行人文观照，强烈呼唤着传统美德的回归，实现对异化人性的积极救赎。对现代生存空间下生态伦理意识的深情呼唤，最大限度实现"共生"的现象，表明了作家强烈的人道主义精神。

在现代性浪潮的疯狂席卷下，原先不乏温馨和谐的传统伦理关系目前正日益遭到严重破坏与解构，同时，现代性文明也正逐渐走向严重失范的状态，而人性在金钱利益的全方位支配下，也不可避免地走向几乎失控的异化状态。宁夏作家普遍意识到这些小人物遭受的精神围困可谓无处不在，他们便巧妙地借助小说来强有力地烛照在现代社会的急剧转型下，那些小人物矛盾复杂的灵魂世界，其作品对边缘人物的精神勘测更是极其精准细腻。

宁夏女作家鲁兴华的小说创作亦值得重点研究。在处于时刻飞速运转状态下的当今社会，她始终拥有着清醒头脑，执着地与纷扰繁复的现实生活保持着一定程度的远观及疏离，但这并不意味着她对现代文明的态度是淡然处之，相反，她也有自己的思考。她精心创作的小小说、小说等多种文学体裁作品均有力彰显出作家本人视野的宏观开阔与思想质地的卓越超拔,她凭借小说,较为成功地为吴忠女性文学持续注入源源不断的生命活力,进而丰富了宁夏女性文学的美学景观。然而,实事求是地说,她在创作中仍有些许瑕疵。不难发现,她在极力"拓殖"自己文学审美疆域的同时,往往疏于对故事情节的精巧构思与对人物形象的立体打造。但是,在近几年来的小说创作中,伴随着其人生阅历的丰富与社会经验体悟的加深以及对文学技巧的纯熟运用,她已对前期较为清浅稚嫩的写作惯性进行了及时的审美纠偏,并且效果着实显著,在宁夏文坛上获得初步反响已经成为一个不争的事实。

其《大辫子》《电梯问题》《兔冢》《一个馍的故事》四则微小说均以有限的篇幅体量为读者极力展现了一幅幅人间世相的百变图景,皆涉及不同层面的伦理话题,在那稍显局促的文字空间里有力地容纳了较大的思想含量,不时引起读者的警醒。从中不难发现这样的一个文学事实,即"90年代以来女性文学在文坛'向内转''日常化''个人化'甚至'私人化'口号的诱导下,放弃了关注体制转型期间中国社会宏大空间的步伐,转而追求身边琐事、感情纠葛、个人或者干脆就是自我的一己悲欢。"①小说《第N次》则将关注的目光集中到亲情伦理上,不温不火地讲述了一个关涉家庭内部的故事。伴随着女儿的出门远嫁,母亲的情绪由初始的自豪进而陡转为后期的疯狂思念,当挂念的心绪持续生成而迟迟难以找寻到一个消解的合理渠道时,母亲的精神终将陷入一种极度的紊乱。

小说《林中之鸟》和《旅途》又相继为我们有力地昭示了人性本身充斥着的复杂属性。在小说《猫殇》中,作家开始满怀热忱地饱蘸着温情笔墨尝试叙写出有着悲伤底色的事件,即男孩最终坠楼身亡,给读者留下无尽的反刍空间。小说《一九八七年的夏天》同样把书写的笔触有意延伸向了人性深处的幽微地带,在一定程度上,对人性善恶的执着与反复探寻恰巧构成了鲁兴华本人独特的文学审美世界。

_____

① 孙桂荣.可见与不可见:当前女性小说人物塑造的现实性分析[J].杭州师范学院学报(社会科学版),2004,26(1):84-88.

女作家马悦的小说创作也有着对现代文明的深刻反思，值得重点关注。小说《红玫瑰》将叙事的笔触径直伸向两性中的婚姻关系。同瑶草的创作路径有着异曲同工之处，该小说也同样意图呈现出婚姻内层的褶皱斑痕，从而有力地揭示那些散落在女性身上不为人知的种种隐痛与痼疾。当女人从家暴的畸形婚姻关系中逃离并毅然跟随屠夫私奔之前，她送给了主人公"我"一朵"红色玫瑰花"。当然，这里有着极强的隐喻作用，"红色玫瑰花"无疑象征着对自由、美好爱情的憧憬与向往。

小说《一枚米果》则为读者缓慢铺陈了一段略带伤感的爱情故事，"米果"这个意象凝结着小东和郭小倩两人极为真挚纯粹的感情，情感的苦涩与酸楚更是随着文章的细密铺陈而逐渐显露。小说《三儿的礼花》仍聚焦于细描边缘小人物的生存样态，作家惯用温情节制的笔调，试图勾勒出众生相，尤其那些被悬空并被随意搁置在社会一隅的人群，作家对这一庞大的群体始终给予倾情关注与书写。作为一个残疾的少年，"三儿"被自己的亲生父母用以行乞来谋利，生命的光辉仿佛尚未绽放就旋即黯淡，晚上在"三儿"自杀未果之际，头顶星空的阵阵"焰火"更是平添了一份悲凉凄楚的韵味，引人唏嘘不已。

小说《海的那一边》则持续将关注的焦点置于底层小人物身上。自幼罹患脑积水的军军早已习惯生活在世俗鄙夷的目光中，他的哥嫂带给他身体与情感的双重迫害也已让他遍体鳞伤、不堪重负。但人在肉体上遭受的苦难却往往诱使其在精神上不断超越与升华，其在潜隐的内心深处，对"大海"的渴求简直愈发明确。在此种特殊的语境下，"大海"无疑强烈地昭示了自由、美好等多重的美学意蕴。小说《黄蛋的风景》与《海的那一边》可谓"兄弟篇"，这缘于作家惯于让残疾人作为叙事的主人公。小说常以底层人物的边缘视角来打量多舛的人生境况，让读者进一步深切体会这纷繁复杂、难以言说的人生况味，其中各色意象的蜂拥也让文本生出多重的美学意义。

出生于以"苦甲天下"而著称的宁夏西海固的作家们，对苦难与底层人物的原型书写是他们见诸笔端的叙事方式，马金莲当然也不例外。作为宁夏当代著名的女作家,她将西北的特异文明形态与异域民俗风情有机地呈现在读者面前,建构奇异的文学叙事空间,凸显苍凉空旷与坚韧顽强多元并存的审美表征。她以独特的女性视角与人文关怀,对西海固家庭苦难下的伦理关系进行了人文观照。

马金莲从不刻意夸大与掩饰西海固的边缘人物在贫瘠环境里遭受的生存苦难、文化胁迫下的命运苦难,以及善恶与美丑统摄下的人性苦难,而只是作出一种客观如实地呈现。她运用平淡如水、质朴粗粝的语言,形象地揭示出苦难导致的伦理关系的异化。《碎媳妇》《掌灯猴》《难肠》《人妻》《山歌儿》《柳叶哨》《舍舍》等小说,都把男权压抑下女性卑微隐忍的生存状态揭示了出来。"扇子湾"是作者始终绕不开的话题,在这个贫瘠破败的山村,重男轻女、男权主义、乡村舆论等传统乡村的落后思想对当地女性造成的身体与精神重负导致家庭伦理关系的异化是作者辛辣嘲讽的对象。

老一辈对故乡的坚守与新一辈对世界的向往构成了显性的二元对立,二者的矛盾张力在作者的平淡叙述下不断地强化,新一辈从乡村搬往城市的过程中,农村的空心化现象越发普遍。新一辈对老一辈的反叛与抛弃、对传统人伦关系的颠覆是作者极力予以谴责的。伴随着打工热潮,农民工以乡下人身份逃离所熟悉的农村场域,闯入都市场域,必经伦理的异化,这些底层群体的世俗场景在文本中开始反复出现,传统乡村伦理日益遭到解构的现状让人忧虑。在现代文明对传统文明的迅猛冲击下,传统道德观、价值观、人生观面临严峻的挑战,个人命运与民族未来皆摆在了以马金莲为代表的宁夏作家面前。

有鉴于此,马金莲希望能够重塑新型健康的生态伦理观。回归道德伦理的本质、呼唤生态伦理的出现、创造美好精神家园的情感诉求展示出作家深层次的人文关怀,她试图通过对文化的寻根探寻出一条本民族在现代化浪潮中的救赎之道。这是立足本土的民族化表达,对民族未来的发展更是起到了引领式的作用。

马金莲以独特的女童视角时刻关注着扇子湾的日常点滴,挖掘出其中高尚与丑恶的人性因子。在《赛麦的院子》《山歌儿》《尕师兄》《1987年的浆水和酸菜》《父亲的雪》等小说中，家庭虽然度日艰难，但亲人之间相处得还算和睦，揭示出在传统家庭中，人们保持着淳朴的心，积极地面对着生存中的那些苦难，马金莲对此永远持着温情的回望态度。而她对现代化过程中产生的人格异化，继而引发的道德失范给予了深刻的反思。在小说《难肠》《老两口》中，新一辈子女面对老一辈时是一副冷漠态度，完全不愿意赡养亲生父母，而老一辈则怕麻烦子女，情愿搬出去居住。"养儿防老"在当下根本就无法实现，两代人的隔膜乃至对立愈发难以调和。父辈的忍让却始终换不回子女的理解，亲情伦理关系的异化愈发显现。

马金莲十分巧妙地捕捉到了这一吊诡的社会现状，随即站在审视的立场上开始否定这种物化的伦理关系，并且以人道主义的关怀重新正视新时期的亲情伦理关系，使人们不断地反思自己的异化。在小说《舍舍》中，由于利益的纠纷，和睦的亲家之间开始反目成仇，相继引发了两家人道德的滑坡。原本阿舍一家搬到乡镇居住，家庭关系尚属和谐，但突然而至的车祸却使阿舍成为寡妇，两家为赔偿金而闹得不可开交，小说鲜明地揭示出金钱利益对亲情伦理极强的腐蚀性，会轻易引起人性的沉沦，利益的争夺正对亲情伦理进行着无限度的"消解"。

与此同时，她也塑造出一大批在传统伦理重负下艰难生存的女性，她们受到传统乡村伦理制度的毒害，成为封建礼教下可悲的牺牲品。乡村女性承担的文化苦难远多于男性，在中国传统道德的因子里，男性才是家族的合理继承者，女性总是被排除在外；西海固常年缺水，蒸发量远大于降水量，更加急需男性劳动力。所以，重男轻女的思想成为当地普遍的文化共识，这无疑是充满滞后性的。在小说《碎媳妇》中，雪花生了一个女儿，公公却迟迟不取名字，而生了两个男孩的嫂子告诉雪花，她生孩子后，公公就已给孩子取好名字。嫂子借此挖苦雪花只生了一个女儿，雪花在家里的冷遇可见一斑。在传统道德伦理观念的支配下，人性同样会异化，这对家庭关系十分不利。马金莲在对雪花扫炕生子过程的缓慢描述中，不时地穿插往事，时空也不断变换,心理描写等意识流与闪回技巧的巧妙运用使小说增色不少。

在马金莲乡土小说的文字背后,时刻隐喻着农村传统伦理道德对女性的无形绑架。她极力批判了那些传统血亲伦理的滞后性及其导致的女性家庭地位的不平衡状态与苦难的结局。马金莲强烈地感知到封建家长制下女性群体的势单力薄,其作品折射出回族女性在主体建构中存在的种种问题,引人深思。无论是现代化浪潮中新一辈对老一辈的逐渐叛离与抛弃,还是传统伦理道德压迫下女性家庭地位的卑微,都是亲情伦理的异化在现实生活中的有机反映与表征,都是马金莲极力批判的对象与希望全社会可以进行反思的重要话题。

在小说《人妻》中,一对夫妻从农村搬往乡镇,做起了馒头生意。妻子起早贪黑地蒸馒头,晚上把坏馒头重新拆洗,忍受同行嫉妒,丈夫却跟女伙计偷情,妻子备受打击。在现代化的进程中,经济发展水平在提高,人们面对的诱惑异常多元。丈夫出轨反映出他面对诱惑时内心的不坚定,没有守住传统伦理道德的底线,在欲望面前听之任之。对传统情爱伦理的完全背弃是马金莲极力批驳的,她认为,在物欲横流的现代社会中,人们必须坚守住道德的底线,否则将导致道德败坏、家庭瓦解。在小说《一个人的地老天荒》中,我们也看到丈夫出轨对妻子造成的恶劣影响。丈夫找了一个美丽女子,抛弃家庭,妻子以泪洗面,希望丈夫回心转意,而最终幻想破灭。丈夫离去对家庭不利的影响显而易见,两篇小说中的丈夫都没有伦理道德的约束,他们在新型社会关系中逐渐异化,最终代价是原生家庭的毁灭与自身价值的丧失。

当然,我们也不能忽视马金莲对传统情爱伦理的批判。在小说《我的姑姑纳兰花》中,作者通过对"我"姑姑婚姻的描述,向读者展现了传统情爱伦理束缚下女子悲惨命运的画面,让人感到心酸。马金莲注重开掘社会底层女性的情感世界与心灵苦难的多重意蕴。在当地,重男轻女的落后思想根深蒂固,这不仅对和谐的亲情伦理发出了挑战,更对正常情爱伦理产生了严重威胁。重男轻女势必会导致男权主义的盛行。

在马金莲的小说中，我们不时可以看到女性的隐忍，在西海固，这已成为一种常态，她们普遍用静默无声的方式来抵抗时刻准备侵犯她们切身利益的男权文化，却徒劳无功。马金莲对传统情爱伦理的桎梏以及新时期情爱伦理的异化都提出了极强的批判意见，认为皆不利于健康婚姻的形成，也表达出希望可以重建健康情爱伦理观的诉求。夫妻和谐，家庭才能和睦；家庭和睦，社会才能安定；社会安定，国家才能稳步发展。女性身份使作者对情爱伦理有着独到的见解，马金莲明显感知到女性作为现代社会的弱势群体，急切需要社会认同。只有达到与男性地位对等的状态，情爱伦理才会朝着健康的趋势发展，对情爱伦理有力引导就显得尤为必要。

同时，伴随着现代化的快速进程，农民工开始从农村不断地涌向城市或者乡镇，大量涌入直接或间接地产生了一系列复杂的社会问题，诸如乡村留守儿童与老人、社会治安等。此时，作者已把聚焦的目光从扇子湾成功地转向了现代化的乡镇或者都市，在人文主义的观照下去关注农民工这一边缘群体的命运，他们的喜怒哀乐、爱恨情仇等"文化符码"在马金莲的小说中时常涌现，作品元素也不再单纯是农事的题材，而是转向了新时期社会伦理关系的演变与多重意蕴的深层次发掘。此时作者的社会立场开始了由低到高的转变，对社会的批判与反思意识较前期作品相对更为突出。

首先，马金莲对新时期的社会伦理提出了一种质疑。在快速发展的现代化场域里，人们是否能够在短时间内调整状态完成时代下的转型，对此马金莲是持怀疑态度的。中国五千年农本经济下绵延发展的文化基因，包含着一种集体无意识的审美经验与心理结构，携带这些文化因子的人们在现代社会面临的人性困境被作者倾情书写。在中篇小说《听见》中，作者首次引入"网络暴力"，较她以前的作品而言，确实鲜见。其中一个男老师在课堂上无意之中竟然致使学生的耳朵受伤，家长得知后便不依不饶，声称如果不赔偿经济损失，就上报媒体。随着事态的发展，媒体还没有完全了解真相，就立刻刊登了出来，霎时间男老师成为众矢之的，最终跳楼自杀。这篇小说是作者对新时代背景下人与社会关系以及现代人如何实现真正的归属的深层次思考。金钱已对传统社会伦理进行了彻底的解构,利益指向成为驱使现代人的终极动力,人们之间的信任感荡然无存,信任危机的出现呼唤着传统美德的回归,作者希望通过对民族精神的有力汲取,实现对现代社会异化人格的深度救赎。

马金莲对人性困境的揭示,并不是城市孤独诱发的心理虚无、现实荒诞,而是现代资本制约下人本质上的一种心理异化。失去了熟悉的生存环境,心灵也失去归属,灵魂根本就无处安放。在日益城市化的过程中,乡邻之间原本亲密的伦理关系逐渐被现代化的钢筋水泥所隔离、破坏,乃至解构,取而代之的是在各种金钱利益诱导下产生的种种道德失范,甚至对传统社会伦理的彻底颠覆。马金莲以第三者的“上帝”视角始终关注着社会转型时期底层人物的命运走向,密切注意着他们繁复且幽微的心理体验。

细致爬梳当代宁夏作家,可以发现张贤亮更加侧重于政治苦难对精神灵魂的重创;马金莲则始终关注“匍匐”在男权体制下的女性苦难;火仲舫则把关注的目光尽情地投向了平凡市井生活中的人性险恶;李进祥清晰地注意到城镇化进程中的人格异化及其引发的人性倾轧;张学东倾心书写各色女人的命运苦难;季栋梁深刻剖析了在封建的家长制下,人们精神超负荷的状态,继而引发的道德失范;南台则集中描摹出基层官场中极具丑态的众生相。相比之下,了一容更加关注底层人物的极端生存困境,把目光精准地投向被命运推到生死边缘的另类群体,并且运用极其压抑乃至近乎绝望的书写笔调,对书中人物复杂的命运走向进行了一定程度的人文观照。

由于这些宁夏作家本身往往就有一种较为切身与真实的人性体验,故对人性中“恶”的一面的把握也十分到位,从而可以有力地刻画出诸多活灵活现的反面人物与底层小人物的形象谱系。反面人物往往肆意僭越着现代文明社会的常规设定,而底层人物常常艰辛备尝,深感苦楚。宁夏作家对现代化物质飞速发展导致的民族性精神的严重缺失表达了一种深深的忧虑和担心。但经过他们艺术化的审美性处理之后,再以文学(小说)的形式充分进行表达,使小说的主题具备了一定程度的审美化色彩。

第二节　乡村与都市的对峙

　　新时期以来，中国市场经济的发展势头十分迅猛，可与此同时，城乡之间的对峙局势也日益紧张，一时之间，打工潮开始盛行。乡下人纷纷逃离那些较为熟悉的生存场域，继而以"闯入者"的身份疯狂进入这些有着强烈逼仄感的都市化空间，身体与心灵一时间都难以完全调适，因此，一些人在利益的强烈驱使下，开始慢慢异化成金钱的"奴隶"。宁夏作家便着手描摹这些进城务工人员那惨痛且殊异的个人遭际或人生际遇，且基本形成了"出走"与"回归"的闭环叙事模式，据此设置文中主要人物基本的命运走向。此时，宁夏小说的审美主题也慢慢发生着变化。

　　值得注意的是，虽然宁夏小说前后期都有着对家园故土的深沉热爱等审美主题，但后期审美格局已然明显打开，视野更是得到了积极有效的拓宽。由于宁夏作家在前期创作时，整个时代尚未发生重大变革，因此，他们总是甘愿拘囿在自己狭窄的审美天地中，对家园故土的热忱往往更是天性使然，较少有后天的因素助推。

　　而与此同时，伴随着现代化全方位渗透进中国的政治、经济、社会与文化等各个领域，乡土文明与都市文明的界限显得愈加壁垒分明，而那些久居都市的人们会自然而然萌生出一种对正在消逝的家园故土强烈的深沉追忆与深刻缅怀。此时，他们对家园的热爱往往比前期显得更为深刻与激进，作家通过让打工者在城乡之间来回"游走"，继而有力且清晰地烛照出大时代下的深刻变迁。

"大体来说,是传统乡村生活与初见端倪的城市趣味的碰撞,二元对峙的味道比较浓。在自己感知或受其他文学文本影响从而认可的乡村优于城市精神生活的价值取向中,传统乡土文化秩序总是占有审美上的绝对比例。所谓'欲望'的城市生活,在他们义无反顾的情感笔调下,也一般总是由进城漂泊的年轻女性的失足或堕落来承载。而且这批特殊人群,一旦重返乡村,乡村的宁静也总是被搅得鸡犬不宁。"[①]

一、乡村社会:诗意的回眸

新时期以来,伴随着宁夏作家群体的日益壮大,宁夏小说以迅雷不及掩耳之势席卷了全国各地,并产生了广泛的影响力。从"宁夏出了个张贤亮""三棵树""新三棵树"到"宁夏文学林",一步步走来,宁夏作家们皆立足于中国悠久丰富的历史文化,同时又巧妙地结合了宁夏丰富的地域文化,相继创作出具有独特文化形式与浓郁美学气息的小说作品,显示出厚重的审美底色。

近年来,宁夏小说的数量与质量都在陆续攀向新的"高峰",这无疑既有力推动了宁夏文学的发展,也为中国当代文学的长足发展有效地提供了更为崭新的审美景观,为宁夏文学在多元文化共存的现代化语境中重新探索出一条崭新的"发展路径"。但与此同时,伴随着信息化时代的迅速到来,"碎片化"已经悄然成为人们的生活常态,还反向催生出读者受众对小说迥异于之前的审美需求,即更加趋向于篇幅较为简短、题材却又稍显新颖有趣的小说模式。因此,宁夏小说开始逐渐陷入难以言说的审美困境,可宁夏作家们于这种困境之中,仍然情愿坚守自己独特的创作品格与审美追求,并不随波逐流,即仍然愿意通过对乡土文明的执着溯源与诗意回望,

---

① 牛学智. 黄河文化与宁夏文学[J]. 朔方,2020(7):158-168.

极力感悟那些乡土文明始终给予我们现代人的强大精神力量与能量。

宁夏回族知名作家查舜的中篇小说《月照梨花湾》，精巧地运用饱含深情的笔墨，为普通读者书写了一个生活在梨花湾的普通农民家庭的故事。小说以丁玉清与纳素娟的复杂情感纠葛作为主线，有力且全方位地展现出在那个特定的年代背景下，那些乡村社会中普通人物的爱恨情仇与坎坷命运。他们处处面临着较为艰难的人生抉择，正如牛学智在文章中所说："留城还是回乡，两种观念交战于那个即将毕业的农村大学生的脑中。"[1]

与此同时，小说文本的辞藻极尽优美，"月亮""梨花"等美妙意象的反复出现使得文本始终流露出深层的美学意蕴。如文中有一句话"那儿能饱览梨花高洁的神韵，沐浴梨花雨"[2]，在作家倾心建构出的一个个富有诗性审美的意象空间中，读者得以跟着主人公丁玉清的脚步，开始从乡村辗转到大型的城市空间，最终又回归乡村社会，从中深刻体会到了个人的命运在时代洪流裹挟下竟然完全不可以自由支配的无奈、城市文明对乡下人的天生抗拒与排斥，以及乡土文明对人灵魂深处的容纳与疗愈功效。

在该篇小说的开篇，主人公丁玉清只想极力摆脱自己的"乡下人"身份，希望成为城市中的普通一员，尽情享受城市文明带给他的无上优越感与虚荣感，因此，此时与同是"乡下人"身份的纳素娟分开便成为必然。而纳素娟是作家查舜精心打造的一个女性人物，她有着真诚、善良等各种优秀的品质，每次在丁玉清需要紧急帮助的时候，她都会及时施以援手，她的身上凝聚了广大乡村妇女普遍具有的朴实憨厚、勤劳能干等传统优秀美德。但遗憾的是，她却实现不了丁玉清内心深处的"城市梦"。最终，丁玉清在辗转城市之后，发觉自己根本无法融入其中，历经痛苦的挣扎与心理的种种调适，他毅然决然地走向了返乡的道路。"丁玉清踏上了家乡的土地"[3]，在那充斥着熟悉的乡土气息的环境中进一步完成了其灵魂的蜕变与

① 牛学智.黄河文化与宁夏文学[J].朔方,2020(7):158-168.
② 查舜.月照梨花湾[M].银川:宁夏人民出版社,2012.
③ 查舜.月照梨花湾[M].银川:宁夏人民出版社,2012.

升华。

与此同时,作家通过书写大的时代潮流下丁玉清、纳素娟、李芬的不同人生遭遇,较为鲜明地体现了民族文化与时代变迁对普通人的多重影响与留下的深刻"印痕",这完全得益于作家对现代生活较为犀利的洞察,进而揭示出作家鲜明且深刻的文化自觉意识。对自我的审视与反思、对乡土文化的执着与坚守,成为贯穿作家小说创作生涯中的重要审美主题之一,也一度彰显出作家独特的审美品格与审美境界,在当下具有重要的审美价值。

火仲舫的长篇小说《花旦》则生动形象地塑造了一个容貌姣美、际遇却始终坎坷不平的花旦齐翠花,在彼时以男性强权话语为中心的社会语境与文化氛围中,女性无疑总是被迫扮演着一个个"失语"的"卑微者"与"隐忍者"的典型角色。尤其身陷近代军阀混战的危难时期,伦理失序使得个人的命运时刻处于漂泊和动荡不安之中。当时,齐翠花等女性也只有依附于身边强大的男性人物,才能够勉强获得一丝生存的机会。因此,在彼时的社会氛围下,她们更不可能获得人格独立与精神上的绝对自由,可是她们仍然有着一股拼劲,绝不妥协于命运的安排。

这是作家所倾心塑造的一个女性人物,她虽然有着一些人性上的弱点,即甘愿丧失人格的独立,情愿将自己的性别身份自动隐匿于男性话语之后,但是,她勇于追求幸福的精神仍然让人心生敬佩。齐翠花是经过作家审美化处理后塑造的一个典型女性人物形象,她在充分浸润了作家丰富的情感认知之后,最终得以成功地呈现在广大读者面前。读者对她人生际遇的不断唏嘘与感喟,激起了自身强烈的情感共鸣,文本的审美张力也一度最大化。齐翠花的身上既有着广大农村女性的潜在身影,具有勤劳善良的美好品质,同时也有新时期女性勇于追求自我幸福的独特品质。从中也可以发现作家对乡村女性未来发展的走向有着更高的期待,体现出作家始终对乡土文明留有的一份深厚、难以分割的情愫。

对人物主体的审美化塑造是作家火仲舫小说一贯的审美追求,此外,把秦腔、方言、节日等地域民俗文化符号大量纳入文本创作也是其重要的审美品位，这简直不容忽视。在审美需求日益多元化的当下，作家火仲舫却仍然坚守着固有的创作特色，即执意塑造出正面人物形象与积极取材于我国丰硕的民间文化资源，如文中时常出现"花儿"等的优美唱词："麦趟里尕妹子一溜儿，哪一个是我的肉儿？"①迥异于当下一些伪民俗不断泛滥的小说文本，长篇作品《花旦》无疑是一座中华民俗的宝库，作家意图借小说保存那些正在逐渐消逝的民风民俗，使其在当下重新焕发独特的审美魅力。在宁夏小说面临审美困境的当下，作家始终践行着自己的创作原则，这具有显著的积极意义。

宁夏西海固的民俗文化元素异常丰富，因此，宁夏本土作家在其小说创作过程中，经常会任意选取多种元素纳入文本的深度建构，并逐渐衍变为一种更深层次的文化自觉，这是由于他们深切感知到这些原生态民俗文化承载的精神能量对当前社会人们起到的"疗救"功效。

宁夏独特的地域环境是当地民俗文化赖以生存的"温床"，每当当地人面对"黄河泛滥""干旱少雨"等接连不断的自然灾害时，往往会不自觉地形成"隐忍坚强""乐观积极""勤奋能干"等种种精神风貌，这进而有机地投射到整个民俗文化仪式的深度建构过程中，故常常可以看到乡村民俗文化中总是深深地寄寓着人们向往温暖美好的情愫，普遍彰显出人们坚韧的生命意识与达观向上的心态。

从另一位宁夏女作家马悦的小说创作中也可以看出作家对乡土文明的深深痴恋。近年来，马悦的小说呈现出井喷式的状态，作为宁夏文坛一位十分成熟的作家，她一直致力于给读者奉献出更多佳作。又由于都是在同一地域茁壮成长起来的作家，宁夏女作家小说创作的审美主题往往趋于一致。杨慧娟就曾在《想象与进入世界的多重维度——新世纪以来宁夏女作家小说创作观察》一文中谈道："宁夏女作家也常常把目光投注在那些微

---

① 火仲舫.花旦[M].银川：宁夏人民出版社，2019.

小而静默的地方。对动物的深情书写、对自然的亲近也凸显着她们书写乡土'慢生活'的特质。在她们笔下，一棵树、一根草、一头牛、一只鸟都成为备受珍视的生命。宁夏地处祖国西北内陆，人对土地、对动植物的深情源于农耕文明的自然情结。作为农耕文化中人们不可或缺的工具亦是伴侣，生存之需让牛、羊等动物与人及土地建立起了千丝万缕的联系。"①

马悦的创作观念正是如此，她有意将真实生活中的各类物象有机呈现在文本中，诸如"牛""羊""鸟"等日常生活中的动物。然而值得警醒的是，这些意象又远非简单的铺陈与罗列，而是被有意灌注了作家极强的情感认知与鲜明的审美态度，其美学标识的痕迹较为显著，因此，它们也就成为文本中一个个鲜明的"审美意象"。张学东在《物什、意象与诗意——马悦短篇小说述评》一文中这样写道："在马悦的小说中，物什总是占据着非常重要的位置，它们既是作者倾心描述的对象，又是小说借以升华的独特意象。"②

在小说《飞翔的鸟》中，作家巧妙地用一只"鸟"的生死存亡来承载马老汉复杂的情感波动。在给亡妻祭牲还是释放之间，老人内心时时涌动巨大的波澜。然而，在历经激烈的心理斗争后，他最终释放了这只"鸟"，从而也间接得以完成自身精神沉疴的疗愈与不断升华，引人沉思。小说《一根红丝线》极其鲜明地触及了乡村内部伦理的话题，两个家庭之间的恩怨纠葛在岁月斑驳的面目中逐渐消弭，"和解"自然成为一件顺理成章的事情，"红丝线"无疑成为这一和解过程中的重要媒介，同时也强烈地隐喻着乡村和谐伦理的正式回归。

因此，可以这样说，火仲舫、郭文斌、查舜、石舒清、马金莲、马悦等宁夏当代作家通过对乡村本土民俗文化的诗意书写与有机呈现，让广大读者清晰地熟知本地的多重地域文化样式与昂扬向上的精神风貌，也能更好呵护

---

① 杨慧娟. 想象与进入世界的多重维度：新世纪以来宁夏女作家小说创作观察[J]. 宁夏社会科学，2019(16)：203-210.

② 张学东. 物什、意象与诗意：马悦短篇小说述评[J]. 中国当代文学研究，2022(6)：205-208.

现代人的精神尊严。同时,宁夏作家对乡村饱含深情地缅怀与凭吊,可以看出其有着共同的情感观照与文化期许,即对乡村人物朴实人性的礼赞,以及对美好家园的深厚情愫,进而有机折射出人们与乡村之间不可分割的"吊诡"关系,强有力地表现了乡土世界特有的文化属性。

二、都市空间:阵痛的转身

"作为宁夏当代小说主体的年轻作家们更加注重个体生命体验与古老黄河文化、神秘的西夏文化的契合,因此汉、回、满、蒙古等多民族相亲共融的共同体意识,皆为他们文学取材的对象,涵泳其中,表现于外。"①总体来说,近年来的宁夏都市小说一般是由女性作家群体担任中坚力量,她们普遍注重观照都市知识女性的生存状态与个人体验,把人物放置在城市文化的背景下,对新时代中女性的身体与心灵经验展开细致描绘,对其在现实人生中的疑难问题进行深层次挖掘,揭示出在光怪陆离的城市空间下女性的无奈命运,凸显了作家对都市日常生活的审美化处理。"平原、曹海英、阿舍、韩银梅、吟泠、马丽华等女作家的创作实践极大地丰富和补充了宁夏文学的版图,构建起了宁夏文学中的城市板块,初步形成了宁夏书写城市的群体力量。"②

平原是一位写作相当冷静的女性作家,这从其小说集《镜子里面的舞蹈》可以窥见一斑。其小说集中的作品成功地塑造了众多性格各异的女性人物形象,她们在各自的世界里挣扎与彼此救赎着。其短篇小说《双鱼星座》中的女主人公朵拉,仅因对方未在一个理想化的时间点上呼叫自己的名字,对其心动的感觉便瞬间消失,只因那一秒,二人擦肩而过。作家对朵拉的微妙心理剖析得十分逼真,小说的意识流描写也比较丰富,可见作家

① 牛学智.黄河文化与宁夏文学[J].朔方,2020(7):158-168.
② 杨慧娟.想象与进入世界的多重维度:新世纪以来宁夏女作家小说创作观察[J].宁夏社会科学,2019(6):203-210.

充分把握了女性在特定情境下的情感波动。平原善于书写都市知识女性在面对极其逼仄的外部空间时内心的独特体验,有着一种奇特的审美韵味,尤其在人际关系日益冷漠的都市空间下,女性本身敏感、多疑的心理特性被不断地激发、放大,作家对女性心理的把握也异常透彻,包括自我心灵的搏斗,这是基于女性作家在观察身边事物时既有的细腻心理,有着自己特定的价值与伦理判定,使文本浑厚且丰满,有着一定的思想承载力,不时地提醒读者要重视生命个体的独特存在价值与人格尊严。

总的来说,平原的小说总是倾向于书写女性在面对外界变化时自我心灵产生的种种搏斗,对女性自我心理的解剖刻画极其逼真,与马金莲笔下塑造的女性有着种种相似之处。马金莲塑造的女性人物大都有较为丰富的人生经历,不管是小说《碎媳妇》中被迫时刻周旋在婆媳妯娌微妙关系之间的新媳妇雪花,《阿舍》中意外守寡、无端卷入财产分割斗争中的媳妇舍舍,还是《人妻》中起早贪黑照顾生意仍遭受丈夫背叛的家庭主妇,这些女性内心也大都经历了较大的波动。可与马金莲作品有所不同的是,平原擅长书写都市中的新女性人物,尤其是女性知识分子这一群体,其小说对女性心理独特体验的把握极其熟稔,成功地塑造了众多丰满的女性人物,丰富了宁夏女性文学的人物画廊。

"石舒清说过,他读平原的小说,感觉就像'一杯清冽的水,那么这水里实际是有毒的'。这是颇准确的描述。表述自己,趋向心的深处,变成了一个人与自我搏斗,往往并不平静,内中积存一种尖锐、一种疼痛、一种万难释解的能量。"①

而宁夏女作家曹海英笔下的女性形象亦十分的丰满,其中既有逞口舌之快的家庭主妇,也有心思极为缜密的残疾女性。曹海英的短篇小说《鱼尾》缓慢地讲述了一个普通的家庭主妇被迫卷入一场悬疑事件的故事,而与这场事件有关的每个人的出场都让这个主妇的内心深处产生了或大或

———————

① 白草. 宁夏少数民族作家七人志[J]. 民族文学,2017(2):154-160.

小的波澜,不同职业、身份、地位的人都因这场离奇事件而被有机地联系在一起,原本陌生的人也因此产生了某种内在的关联。小说本身就有着一种极为浓厚的悬疑色彩,能引起读者强烈的阅读兴趣。同时,作家将故事背景巧妙地设置在一座都市大楼里,安排女主人公率先出场,接着再让"各路人马"粉墨登场,他们彼此之间的对话、交流使整个事件越发扑朔迷离,对心灵的剖析与灵魂的考问在小说中俯拾皆是,因此情节始终牵扯着读者的心,读者仿佛有种置身于现场的紧张感,在事件的逐步推进中,真相随之浮出水面。

在另一篇小说《伞》中,作家用反讽的手法形象地刻画了一个"发明家",最终,他撑着伞从高楼一跃而下。在这个地方,"'伞'无疑是一种象征,它反衬了灰色的生活背景,它也试图反抗灰色的生活,然而渺小、无力,开始便是失败。问题在于,把一种本为象征性的意象,写得太实了,因而它自身的逻辑反过来证明了它的悖论——那把伞原本就不是普通意义上的伞啊。"①而在小说《忙音》中,作者成功地刻画了一个新近丧夫的女性,当其独自面对空无一人的房子时,内心蔓延的孤寂根本就无处排遣,以至于不断产生虚无感与幻灭感。总之,曹海英善于书写的是反常体验下的女性知识分子,尽情地体会她们那丰富驳杂的内心世界,给予了读者极为新奇的审美感受。

宁夏女作家计虹的小说《折腾》则精心塑造了三个惯于在商界打拼的职业女性"我"、李梅、苏芳,她们迥异于在家"相夫教子"的传统女性,这些新时代女性全身心地投入日常的工作,可是商业本身却潜藏着巨大的危机与挑战,她们不时在家庭与工作的复杂关系中来回切换,最终落得身心俱疲的尴尬处境。

另一篇小说《浮世清欢》则以凌厉的姿态讲述了一对年轻人的爱情悲剧,让人不胜唏嘘,男主人公高子健来自贫困的农村,长期的自卑心理让他

---

① 白草.宁夏少数民族作家七人志[J].民族文学,2017(2):154-160.

有了极强的自尊心,这也间接导致了他的人生悲剧。而肖梅出身于城市的中产阶级,地位的悬殊差距使得他们的爱情始终蒙着一层层隐形的"灰尘"。肖梅不仅家境相当殷实,长相气质同样很出众,自然吸引了身边众多男性带有欲望的目光,其中就包括高子健。但高子健却不清楚,在肖梅那美丽无比的皮囊之下,隐藏着极其虚伪势利的心灵。因此,在某种意义上,我们可以这样说,肖梅的出轨变成了意料之外,却又在情理之中的事情。高子健无法忍受心爱之人的背叛,便于深夜狠心地杀死了肖梅。

小说《长颈鹿躲雨失败》将都市中年女性作为书写的主体,女主人公方舒因丈夫的出轨而陷入人生的困境,赡养老人与抚养孩子的道德责任又决定了她不能抛弃家庭。权衡之下,她选择了一再隐忍,在家庭地位中自动隐匿了自己的话语身份。

与此同时,吴忠女作家瑶草的小说创作可谓有着异曲同工之处,她始终凭借女性特有的细腻心理,尝试捕捉两性之间微妙的情感悸动。她小说中的主人公往往落脚于女性,由女性人物来主动担任。她精于挖掘那些婚姻日常生活中习焉不察的女性困境以及难以言明的女性生存境遇。回望整个中国的现当代文学史,始终不乏聚焦婚姻生活的佳作,如鲁迅的《伤逝》、巴金的《寒夜》、曹禺的《雷雨》、张爱玲的《鸿鸾禧》、张洁的《方舟》等,而瑶草无疑是这一审美序列当中的"后起之秀"。

她从不试图掩饰婚姻中晦暗苦涩的一面,通过强劲的笔力与精微的笔触力图勾勒出婚姻内部繁复幽微的纹理,从而极力呈现女性在家庭中处处遭受掣肘的这一横切面,给读者留下了反复省思与喟叹的空间。"女性虽然拥有了和男性平等的各种权利,但是却仍然摆脱不了来自社会、来自自身的种种压抑。"①《人往何处归》中的女主人公苏木是个平凡普通的家庭主妇,在与丈夫梁子铭的日常相处之中却逐渐耗损了夫妻之间仅存的激情,索然寡淡几乎成为两人婚姻中的常态,苏木态度一贯的隐忍谦卑丝毫没能

---

① 禹燕.女性人类学:雅典娜1号[M].北京:东方出版社,1988.

有效阻止丈夫的婚内出轨。在日常生活中，丈夫对妻子有意施加"情感压迫"，女性尴尬且卑微的生存处境被作家予以了倾情的书写与精准的描摹，给读者留下深刻的印象。

在另一篇小说《双面人》中，女主人公名字同为苏木，由此可见，瑶草意图打造出一个"苏木"系列的小说王国。这篇小说亦巧妙地透过苏木的视角来有机展露人生百态。与此同时，值得注意的是，小说还牵扯出两个重要的女性，值得言说：一个是风姿绰约、心地良善的白丽，另一个则是心思深沉、艰辛备尝的李月。尤其是李月，虽然不是文章的主人公，但却多次与苏木发生了隐秘的情感交互，她的婚姻可谓充斥着惨淡与哀怨，整个家庭的重负仅由一名女子来主动承担，其困窘的境况可想而知。她虽然极力把自己包装成"李总"，企图进一步获得社会对她身份的深度认可。但是当通读完全篇，我们感知到作家始终并未站在道德的制高点上对其进行种种谴责及批判，而是试图全方位地打捞她生活中种种潜隐的真相。而恰是这人生的诸多无奈瞬间，才使她的命运走向如此惨淡和凄凉。

与此同时，文章还着重阐述了苏木乏味无聊的婚姻现状，在一定程度上，苏木与李月的婚姻可以互为某种镜像参照。在她们的婚姻中，男性的缺席或者种种琐屑均有机构成了她们苍白无力的生活，即使是未婚的白丽，也可能会不时受到来自男性的情感迫害。因此，在李月丢失了金手链的那一刻，苏木、白丽纷纷主动提供力所能及的帮助，女性情谊在小说文本中得以进一步凸显。在这个层面上，女性情谊也可以成为解读该篇小说的一把重要"密钥"。

《三奶奶和她的猫》则是一部充满人间温情的典型力作。虽然在这篇小说中，两性婚姻已然不再作为叙事的重要背景出现，但对人们之间情感互动的书写仍用了不少的笔墨，读来令人不觉动容。其实，纵观作家倾心建构的小说谱系，可以发现，其早已通过文学的形式为读者清晰传达出了这样的一个婚姻理念，即"女性解放的道路还远没有走完，争取女性平等自由的道路还很漫长曲折，女性要确立独立人格和自尊，且经济独立，才能拥有爱情的主动权,从而解除婚姻给女性下的'咒语',使女人可以摆脱婚姻对命运的束缚,拥有自由和幸福"①。

可以发现,虽然宁夏的女作家都巧妙地置换了故事的时代背景,不再是单纯有着传统伦理的乡村文化环境,而几乎都设定在了一个相对现代化的都市场域之中。这些女主人公普遍开始有了一定的选择权与自主权,并且大都以相对独立的姿态昂首走进了大众的视野。但值得警醒的是,女性在仍然以男性文化为主导地位的现代都市中步履维艰。

新时期以来,宁夏女性作家逐步迈入宁夏文坛,为当代的宁夏文坛注入新鲜的血液。她们凭借手中的笔不断地建构宁夏文学人物中的女性形象谱系,从不同层面展现出宁夏女性文学特异的审美魅力,这些女性人物与以往男性作家笔下的女性稍有不同。男性作家塑造的女性往往独立坚强,尚有着悲悯情怀,是"地母"般的形象,隐忍而博爱,却是主流社会的边缘人物,在以男性话语为中心的社会中没有太大的话语权,时常处于极为尴尬的失语状态。经济上根本不能完全独立,精神上也难以摆脱男权的"魅影",依附男性而存在,难以获得真正的解放。而女性作家刻画的女性往往带有本人的经历,是主观情感投射下的审美产物。读者通过体味作者对小说中女性主体的审美化塑造,得以窥见其情感倾向与审美态度,值得咀嚼。

女性群体作为女作家笔下倾情书写的对象,有力地印证了文明社会中男性身份占有的绝对优势,即女性地位虽较以往有了提高,但女性自我意识的真正觉醒却是一个漫长的过程,意图完全根除根深蒂固的传统文化观念并非一朝一夕之功。女性面对都市场域时转型往往也不彻底,几乎都依稀残留着传统文化的印迹,宁夏女作家们经常透过生活的简单表象挖掘出其本质。正如赵炳鑫谈计虹的小说创作,"人性的基本元素,通过她的聚焦,成为这个消费时代一张色彩斑斓的画卷。特别是通过婚姻家庭生活,

---

① 郭瑾.以血为墨:读张洁长篇小说《无字》[J].中国当代文学研究,2019(6):89-93.

职场商海，通过普通人的戏剧人生，为我们这个时代的城市生活提供了一份现实的证词。"①

近年来，宁夏女性作家小说创作的审美主题几乎都偏于对都市女性独特心理体验的临摹，这些人物是在作家主观情感投射下的审美产物，小说中主人公在都市环境下苦闷压抑的精神状态较为真实可信，一部分主人公在新型都市社会关系中甚至走向异化，代价是原生家庭的毁灭与自我价值的丧失。宁夏传统小说中女性人物在男权话语下往往处于弱势地位，即以"失语者"的身份在文本中呈现，卑微隐忍成为她们的常态。

新时期以来，与以往塑造出的宁夏文学女性画廊中的人物形象有所不同，宁夏女性作家的目光开始由乡村女性向都市女性这一类别群体逐渐转移，并对这个群体持续加以关注。她们普遍以女性作家特有的细腻心理与悲悯情怀极力探究女性人物隐秘的内心世界，体悟她们普遍遭受的精神上的虚无感。在钢筋水泥构建的封闭型都市意象空间中，疏离感总是或隐或显地弥漫在身处其中的大众身上，尤其诱发了知识女性群体最深层的无助感。宁夏女性作家始终迷恋书写个人在现代化都市生活中的独特审美体验，惯于对挤压型都市空间缝隙下女性的生存状态进行精准描摹，且一直秉持中国作家的良知打造女性形象，将性别弱势群体置于宏大的时代洪流背景中予以观照，体察小人物的生存境遇与情感认知，对她们丰饶的内心世界展开剖析，显现出丰厚的美学意蕴。

以阿舍为代表的作家在创作过程中，由单纯描述女性自身存在状态向外界不断扩展，对女性意识的开掘向更深层的社会维度展开。当前社会中，女性意识显著表现为一种自主意识，作家文本中往往强烈渗透着现代女性对精神人格独立、自我价值得以实现的潜在追求，女性自主意识的增强、自我世界的拓展以及独特的审美创造是宁夏女性文学的真正内涵。

"男权文化通过社会性别制度的保证，为他们规定和塑造女人，以满足

---

① 赵炳鑫.城市叙事的可能性表达：谈谈计虹的小说[J].朔方，2020(12)：157-161.

男人对女人占有的双重理想——性爱理想和婚姻理想,既能满足情欲的本能需求,又能符合社会功能的婚姻秩序。"①但在当代宁夏小说中,传统的女性已经让位于现代的女性,即使是以往擅长写乡村题材的马金莲,在近年来的小说作品中也能体现出其创作上的渐趋转型,即逐渐淡化以往对农村女性的深情素描,而通过对乡镇或城市女性日常生活的诗意呈现,开掘出其丰富的情感世界等多重审美意蕴,对女性在都市中的艰难转身予以怜悯,在对女性心理的烛照上呈现出"多面相",体现出其小说视野已有了开阔的审美意蕴。这得益于马金莲博大的胸襟,不拘囿于对单个地方的过于耽湎,而是积极取材于时代变革下的身边日常。

她虽始终离不开西海固,离不开她的理想家园"扇子湾",但她毕竟是整个时代链条中的一员,经济、政治、社会的变革都会影响作家的创作心态与审美追求,从作家小说创作的取材上便可见一斑,对此熟视无睹或者回避转身都是不成熟的。优秀的作家只有扎根于时代,为整个时代发声,为人民说话,其作品才能穿过社会表象的层层迷雾,具备直抵人心的力量。

因此,我们基本可以得出这样一个简短结论,即"作为正在探索中前进的宁夏文学不可分割的一部分,女作家新世纪以来的倾情创作,使得宁夏文学的版图得以完整呈现"②。她们的文学创作永远直面现实生活,关注小人物的命运,在完整宁夏文学版图的同时,也丰富了中国当代都市文学的审美内涵。马金莲、阿舍、平原、曹海英、计虹、鲁兴华、董永红、瑶草、郭乔、马悦等宁夏女性作家身处现代社会中,亲身体会着时代变革带给她们身体与心灵上的种种"阵痛"与"调适",折射了现代女性在主体建构中存在的种种无法忽视的问题。

她们普遍保存着先前的乡土记忆,对乡土文明有着浓厚的依恋。但她们并没有陷入对乡村的一味缅怀与追思,而对所处的都市生活展开了细致

---

① 齐春娥. 中国现代文学中的妓女形象流变[D]. 保定:河北大学,2009.
② 杨慧娟. 想象与进入世界的多重维度:新世纪以来宁夏女作家小说创作观察[J]. 宁夏社会科学,2019(6):203-210.

的描绘与剖析。在剖析中寄寓了极其强烈的情感，有着现实关切的情怀，对挤压型都市空间下人们的生理与心理状态表示出了隐忧，发现利益指向成为驱使人们的终极动力，有着对传统伦理被迫颠覆与解构的忧虑。

作家建构的都市空间往往缺乏"人情味"，凸显出与乡村迥异的审美表征：一方面，城市孤独往往成为人们心灵空虚的诱因，进而导致现实生活中的荒诞；另一方面，是受西方资本主义制度波及下人们本质上的心理异化。"特别是受现代发达的商业和消费欲望所宰制，人往往处在一种不自由的异化状态。面对现代城市这个陌生的领域，我们的许多作家感受到了从未有过的茫然与力不从心，这也是他们为什么愿意绕过问题丛生和迷雾一样的城市而去凭吊那些早已空巢和衰败中的乡村的缘由了。这不单是宁夏作家的情况，全国基本上也如此。"①

当然，银川男作家冶进海的创作也同样值得在此谈说。众所周知，目前冶进海不仅是西北某个高校的优秀教师，也是当地一个笔耕不辍的文学创作者。他纵横文学领域多年，业已用心创作出大量精品力作，为人所称道。他不乏大批以都市生活题材为重要创作导向的小说，还有一些理论性较强、高屋建瓴式的文学论著。然而，客观公允地说，冶进海的学术功底属实扎实，其著作可谓字字珠玑，具备极强的学理性，在学院派内部一度产生了较为良好的反响。可相比之下，其小说却未能引起同等广泛的效应，实属遗憾。细究其原因，这固然跟作品本身仍然有一定的成长空间有关，但更深层次的原因在于，相关批评者关注的目光远远不够。

其实，当我们一味醉心于冶进海提供的一些理论佳作，不妨也把目光暂时投向其精心打磨的小说，会有更多令人欣喜的发现。跟宁夏较多的"草根"作家不同，他有着独特的求学背景，文学、法学、传播学等多学科的理论知识融注在其思想体系中，成为根深蒂固般的存在，在作家进行文学创作之时，这些已然成为本人生命厚重底色的文化元素就会时不时地出现

---

① 赵炳鑫. 城市叙事的可能性表达：谈谈计虹的小说[J]. 朔方, 2020(12): 157-161.

在其笔端。在这个维度上，我们可以这样说，冶进海的小说较其他作家有着一种更加宏观开阔的视野，这是难能可贵的，尤其近年来，其小说更是逐步迈向了智性化的写作。故在当下，对冶进海的小说进行"跟踪式"的研究是有充分必要的，且具备一定的价值。

通过系统爬梳冶进海的小说创作轨迹，我们不难发现，其一直以来的创作倾向往往聚焦于现代都市这一逼仄空间下普通男女的爱恨情仇、离合悲欢，并对他们予以倾情书写与精准描摹，引人深思。

如在其短篇小说《北京亲戚》中，作者较为成功地塑造了"北京亲戚"表姐夫赵志华这样一个立体的人物形象，极力描绘出他由家财万贯、挥金如土的奢侈贵族品质生活径直跌落到了将近家徒四壁、四处求人的凄切惨状，让读者唏嘘不已。全文采用常见的第一人称叙事，以主人公"我"的视角来尽情观照文中依次出场的其他次要人物。"我"是一个相对平凡且务实的普通人，踏踏实实地学习与工作，简单地凭借一己之力才取得了如今的些许成就，而表姐夫赵志华则相对轻而易举得多，但过多的顺境却也无意中养成了他极度骄纵的品性，最终一败涂地。但不容忽视的是，作者在大结局的安排设置上尽可能地给予他以改过自新的面目收场，给人警醒的同时，还是比较温馨的。

小说《创可贴》虽也触及了现代都市生活的内部肌理，但此时作者开始把笔触逐渐转向"家政保姆"这一城市新兴群体的阵营，并给予这一特定边缘群体一定的人文关照。刘阿姨怀着缓解家庭经济压力与家人紧张关系的双重目的主动到周泽峰家担任保姆一职，在与主人周泽峰夫妇的日常相处中虽也难免意见不合、磕磕碰碰，但从整体上来看，彼此相处颇为融洽，并没有产生太多实质性的矛盾。整个故事高潮的导火索是刘阿姨发生了一场意外事故——被车撞了。以此为开端，相关重要人物开始"粉墨登场"，如肇事司机张子涵、刘阿姨的儿子程天宝、张子涵的母亲王玉秀等。这些人物都接连主动或被动地卷入一场极其复杂的人事纠纷，每个人深陷其中，难以轻易地挣脱。他们相互纠缠，愈想极力摆脱束缚，命运的大网反而收缩得越紧，致使身处其中的每个人都难以喘息，痛苦挣扎。最终，程天宝与张子涵貌似达成和解的状态，实则不然。全文始终呈现了一种深深且厚重的苍凉感与无力感，给予读者大量思考和反刍的空间，即"农民工"这一边缘群体能否真正融入脚下这座由钢筋水泥建构的城市呢？在金钱利益的强烈诱拐下，人们之间的信任与温情又能否得以维系？

小说《马兰花开》则有意让底层女性成为苦难人生的主动承担者，从中可以依稀折射出传奇命运的波谲云诡与无可奈何。在一定程度上，我们可以这样认为，迥异于以马金莲、石舒清、郭文斌等为代表、以精于书写各色乡土女性为主的宁夏作家，冶进海在经过长期的思索之后，选择把关注的目光从乡土文化的固有审美模式中缓慢转移出来，不断投射到整个大的都市环境下异常艰难的女性群体。作家尽可能赤裸裸地还原出新旧交替时代下普通女性的生存图景，丝毫不掩饰生活本身的惨烈面目，坚持把血淋淋的真相和盘托出，供人思考。

小说《千灯万盏》则持续将边缘或弱势女性作为可供展开广泛研讨的热门话题，文本彰显出强烈且鲜明的时代意识。小说精心塑造的徐小凤这一人物形象并不完全等同于《马兰花开》中的表妹，表妹简直无知到近乎可笑与悲哀，徐小凤却有如《红楼梦》中的"家族大管家"王熙凤，精明干练，不乏男子气概。但与王熙凤稍有不同的是，徐小凤内心深处又是良善和柔软的。她世俗但并不奉承谄媚，半生行走在形形色色的男人中间，面对有些男人迫切的生理需求，她始终"严防死守"，时刻坚守着自己的道德底线，丝毫不会跨越雷池一步，她把对爱情深切的渴望深深埋藏在心底，读来令人不觉动容。

作家的另一篇小说《月光下的兔子》无疑是当下文坛的一篇发轫之作。小说并没有选择把关注的目光投向任意一段悠久的历史岁月，随意地在漫长的历史烟云中辛苦找寻所需的素材，而是极其坚定地立足于脚下的这片广阔大地，致力于烛照出如今社会正在发生着的种种不为人知的隐秘。尤其值得称道的是，作家并不试图隐瞒当前社会存在的些许桎梏，而是毅然秉持着自己的职业操守,无所畏惧地揭露出隐匿在光明下的阴暗一隅。因此,作家的都市系列小说都有着极强的社会现实批判性。

当然,在此需要说明的是,作家并不是对社会现实抱持着一定的偏见,而是恰如中外大多数的现实主义作家一样,对现实的种种深刻洞察、反思、批判,往往皆源于其对所处社会的爱之深、情之切。从这个角度看,该小说的社会价值不言自明,"相较作者其他小说而言,《月光下的兔子》在主题思想的内在蕴含、写作技法的纯熟运用、人物形象的精心塑造、语言风格的推陈出新等多个维度都有着标志性的开拓意义。"因此,该篇小说是作家目前最为圆满之作,已然是深具时代表征的杰作,可谓我国当代文坛又一个较为惊喜和美丽的"收获"。诚然,随着知识系统的更新完备与外部社会环境的日益变化,作家定能跟随时代潮流,从而创作出更为优秀的作品,这是毋庸置疑的。

至此,冶进海笔下的都市女性人物谱系又丰满壮大了,在这个阶段,女性人物较之前更显普遍与真实。如果说之前的女性人物尚处在云端,时隐时现,颇具传奇色彩,此时的她们则勇敢地坠入凡间,成为千万家庭妇女中的普通成员。她们的喜怒哀乐都被作家巧妙地捕捉到,作家便通过文学的形式,试图让这一个个生动鲜活的人物得以"再生"。

纵览冶进海的小说创作谱系,不难发现,作家持续将重点关注的对象置于当下时代洪流中普通女性的身上。时代女性是冶进海小说一直以来的主要叙事对象和审美着力点,也是其塑造最为成功的一个人物形象谱系。如《马兰花开》中有意塑造的无知可悲的表妹、《千灯万盏》中不惜笔墨着力刻画出的泼辣干练的徐小凤,《秀兰阿姨》中用细腻的笔调尝试勾勒一个极具"地母"般底色的隐忍伟大女性,《如花似玉》中作者又倾心描绘出一个独自面对陡转直下的人生绝境时反而显得异常坚毅的女人。她们皆是浪迹在飞速运转且生存空间不断被挤压的都市场域中的"小人物",同时又是各自人生无常命运中的"大女主"。她们往往凭借饱满和富有激情的生命能量与人生中处处充斥着的苦厄瞬间迎面相逢,其结果通常是"头破血流"、惨不忍睹，或是归于平淡、安稳度日，又或是"峰回路转""柳暗花明"。

现在，让我们暂时把目光紧紧收束到《月光下的兔子》。文中的主人公固然也是女性，但背后身份却是一个年岁尚属稚嫩的学生。可以看出，此时作者已不再执着与纠缠于探秘成年女性那复杂且幽微的心灵地带，而是另辟蹊径、充满巧思地在文本中有意编排进去当下一些比较新潮的科幻元素，如元宇宙等，继而企图通过热门的科幻元素，成功搭建起通往女学生群体阵营内部心灵世界的幽长隧道。

女主人公曹秀娥由于年幼时父母离异而身心饱受摧残，以致不幸罹患重度抑郁双向情感障碍，在其与精神痼疾反复周旋调停的艰难过程中，"桃花岛"竟不期然地出现在她孱弱不堪的生命中，犹如漫长黑夜里一盏微弱的烛火，给予她莫大的心理宽慰，也让她得以从纷繁复杂的现实生活中成功逃离。然而，媒体上的虚拟空间虽能暂时容纳在纷扰尘世中屡屡受创的心灵，但却难以持久。如若长期依赖网络营造给我们的岁月静好、现世安稳的错觉和幻象，那人们在现世中的生存空间必将日益萎缩，精神世界也会逐渐变得贫瘠与虚无，这也是作者希冀通过小说传达给众多读者的重要精神理念。曹秀娥就一度刻意模糊了当下现实与虚拟空间壁垒分明的界限。她置真实存在的生活场域于不顾，任凭自己在虚假空间中尽情展开漫无目的的精神游荡，这无疑是作者一贯以来极力批判的一种社会乱象。

当然，值得警醒的是，冶进海又是当代一位始终怀有悲悯情怀与携带着强烈同理心而游走在文学现场最前沿的作家，故他笔下依次出场的各色人物总是灌注着浓厚的情感温度与特殊的审美认知，不时给读者留下心有戚戚焉的审美触感。换句话说，曹秀娥虽仍旧残留着原生家庭直接导致的其在性格上的懦弱逃避、精神上的萎靡虚脱，但此时，作者却以更加具有兼容性的同情笔触来细摹曹秀娥那时刻充满流动性、不确定性的精神状态。作者身上的悲悯情怀始终渗透与浸润在文本中，如盐入水，极为精妙与独到。

张爱玲的小说《茉莉香片》同样刻画了一个深受原生家庭影响而阴郁

的主人公聂传庆。稍有不同的是,聂传庆的人物命运仿佛被有意涂抹上了更多的悲剧色彩,故小说内蕴的时代情绪较为浓烈。尤其作者把聂传庆将女同学颜丹朱施暴作为整个小说最终的结局走向,这也意味着聂传庆最终无法摆脱沉重命运的苦厄,径直走向了没有希望的所在。作者在文中并没有适时地给予主人公一个合理的未来,而是把这一问题任性地抛给了读者。相比之下,冶进海则略有不同,他固然也以毅然决然的强势姿态揭示了当前社会由于原生家庭而致使孩子们无端背负的种种精神痼疾与心理沉疴,但似乎还是不太忍心让生活真相的残忍冰冷来肆意冲撞他笔下的主人公。所以他在经过缜密翔实的思考之后,于文章的结尾处,还是坚持安排了一个光明的"尾巴"。但无论如何,张爱玲跟冶进海意图借小说呈现的显性社会问题还是被细心的读者关注到了。

因此,在一定程度上,我们可以作出如下评判:冶进海作为宁夏当代独一无二的学者型作家,他在文学创作中似乎有意沿袭与借鉴张爱玲独有的叙事模式与审美倾向,起码在《月光下的兔子》中,我们是依稀可以看到张爱玲独特魅影的。说起张爱玲,这个女作家对社会现实的关注是独到且犀利的,她从来不是那种善于"察言观色"的人,而同时代的庐隐为了刻意迎合某一类批评家(尤指茅盾)的审美趣味而创作出大量其实并不擅长的社会问题小说,冰心则为了时刻扮演好一个"好女儿""好姐姐"这一特定的社会身份,精心塑造出大批贤妻良母型的女性形象,从而广受追捧,而当时的她是根本不可能创作出类似《莎菲女士的日记》中的小资产阶级女性形象的。相较之下,同时代的陈衡哲、丁玲、张爱玲、萧红无疑是相对勇敢的女性作家,她们都果断挣脱了特殊时代强行附着在广大女性身上那隐形又着实笨重的镣铐,选择了在文学的世界中通向更为辽阔的远方。

在冥冥之中,冶进海也做出了同样的选择。一直以来,他的写作从来不沾染任何功利性的目的,而是一贯坚持从人的本心出发,相继创作出大量针砭时弊、讽刺世情的社会问题小说。诚然,作家的小说还有一定的成长空间,但他仍通过文学的方式一遍遍尝试唤醒沉睡已久的人心,在纷扰凌乱的尘世中坚守着作家素有的良知，这相当难能可贵。我们有充分的理由相信，《月光下的兔子》对冶进海未来的文学创作生涯而言，又是一个不容忽视的"中转站"。

其实，实事求是地说，冶进海的小说创作仍存在诸多可精进之处，如在小说语言的精心打磨上还需下苦功，在人物形象的塑造上还需更加立体与丰满些。不过，同时，我们也要看到他的小说有着更多可取之处，如在主题的深层次传达上，能看出作家视野的开阔。当然，冶进海作为一名高校教师，致力于学术研究是其毕生从事的事业，而文学创作更多只是作为业余爱好，他却从来没有因此懈怠。短短几年，就有多个国内知名刊物争相发表其作品，相信在不久的将来，冶进海的小说定能在当代文坛引起更大的轰动。

第三章

新时期以来
宁夏小说审美表达的流变

　　审美意识作为基础性的存在，不仅决定着审美主题的选择，还直接或间接地影响着审美表达的有机呈现。本章着重从审美意象与写作手法两个维度来深度探析宁夏小说中审美表达的流变，洞察审美表达流变的内在规律。

　　第一节通过梳理新时期以来宁夏小说中审美意象的发展脉络，对审美意象的主要表现形态进行全面立体的分析，在传统审美意象逐步让位于现代审美意象的过程中，可以发现时代的发展、地方的变革等因素都共同作用于审美意象的形成。本节综合运用文学地理学、民俗学、美学等学科理论探析新时期以来宁夏小说中审美意象流变的全过程，探究背后蕴含的丰富的地域与民族文化内涵。当然，审美意象作为凝聚着作家极强情感的产物，一定程度上揭示出作家的审美偏好，决定了小说的内在审美品格与格调，对于一些作家来说，其前后期小说的审美意象往往具有一定的稳定性，因此，作家在不同时期选取同个人或物作为审美意象也不足为奇。本节只选取传统与现代宁夏小说中不同的意象进行对比观照，尝试揭示审美意象流变的大致规律。

　　第二节则从宁夏作家写作手法的审美化表达这个维度来切入小说内部肌理，通过观察新时期以来前后不同阶段宁夏作家的写作策略，发现不同发展阶段宁夏小说在写作手法上展现出的不同美学面貌，进一步探析其产生差异的缘由和背景，希望可以为宁夏作家以后的小说创作提供相关借鉴。

第一节　审美意象的流变

　　"意象"一词最早可追溯到《文心雕龙》，"意"是作家主观认知活动，而"象"是外部世界的物质实体，两个各有所指的词组合在一起，生成新的审美内涵，且最早在诗歌这个艺术门类中得到广泛运用。诗歌中的意象往往是有着"一种特定情趣和意味的艺术符号的意象"[①]，而"审美意象是审美主体文化传统、风俗习惯、宗教信仰的历史积淀，是民族审美意识的集中表现形态，它的萌芽、滋生、发展、演进过程是审美意识及文化传统发展变化的映照。因此对于审美意象的考察能突出地体现一个民族审美意识及文化的风格特色，可以说审美意象的研究是审美理论研究中的核心内容"[②]。

　　本节通过对新时期以来宁夏小说的审美意象进行共时性与历时性的研究，探析其流变的规律。从共时性角度来看，拟把审美意象分为地理审美意象与民俗审美意象；从历时性的角度来看，新时期以来的宁夏小说迄今已走过四十多年的历史，其审美意识固然发生了变化，而审美意象作为审美意识的有机载体与外在表征，自然也发生了相应变化。审美意象种类繁多，本节只简单择取地理审美意象与民俗审美意象加以论述。

　　本节通过对不同时期宁夏小说中审美意象的多角度提炼，展开多维度的烛照，进而整体把握演变规则，获悉创作者的心态转换与时代的审美转

---

　　① 陈植锷.诗歌意象论:微观诗史初探[M].北京:中国社会科学出版社,1990.
　　② 李叶.蒙古族文学审美意象研究:以《江格尔》为中心[D].长春:吉林大学,2017.

向,洞察作家独特艺术风格的形成路径,以期发现宁夏小说创作与地理、民俗文化的有机联系和审美价值,其中尤以回族小说为重要参照。"当代回族作家作品具有统一中富有变化多样的民族特色,体现在作品中就是通过建构有意味的审美意象空间,从现实主义写作、精神信仰建构、心灵世界追求等高度集中化地映射出回族作家禀守民族文化根基下,一方面彰显强烈的民族归属感,一方面表达出超越民族界限的终极关怀。"①

"审美活动与人的情感活动与认知活动密切相关,并且要依靠高度的抽象思维能力及思维方式。"②审美活动本身就是一种主观性极强的活动,总是掺杂着人们较多的主观意识,因此,综合运用多种学科理论知识对小说的审美意象展开研究就显得十分必要。一方面,能够整体厘清宁夏作家审美心理发生及流变的全过程,另一方面,也能够对宁夏小说的审美范式提供一种思维上的再阐释。

一、地理审美意象的流变

"地理"类属学科范畴,最早见于《易经》,有广义概念与狭义概念之分。狭义指的是"自然地理",本节涉及的地理审美意象则属于"自然地理"下的概念范畴,"人文地理"中的意象则不在本节探讨范围内。"被用以表现特定区域的人文景观、地方特色,并且由于大量、长期、反复地使用,以至成为承载该区域地方经验、历史记忆、文化遗产的故实、典故,不仅流播于当地,而且流通于外地,那么,这种意象即可称为'地理文化意象'。"③而"地理文化意象"经过作家主观情感的投射,就成为本节所指的"地理审美意象"。其具体定义为"运用文化地理学地理意象概念,即客观的地理物象因承担

---

① 马慧茹. 当代回族作家文学创作中的文化认同[D]. 西安:陕西师范大学,2015.
② 李叶. 蒙古族文学审美意象研究:以《江格尔》为中心[D]. 长春:吉林大学,2017.
③ 潘泠. 汉唐间南北诗人对地域意象的不同形塑:以《乐府诗集》为中心[D]. 上海:华东师范大学,2015.

了人的主观情感与审美价值而上升为地理意象，它是一种人对地理事物的文化情感感知与表达"①。

一个地域的地理意象，一般来说，总是呈现出一种复数的样态，即由多个子意象反复地拼接、组合而成，而绝对不是仅为单个形式的存在，故在宁夏作家的小说文本中，经常可以看到多个地理意象同时存在于同个地理的场域中。同时，作家的个人修养、写作心境、审美习惯与时代导致的地域环境、审美趣味的变迁均不同程度地影响着小说中地理意象的呈现样态。因此，伴随着整个时代的快速变革，作家审美意识的流变自然带动着其小说中地理意象的流变，二者呈现出某种一致性，即审美意识是小说的内核，地理意象则是其外在的显著表征。以地理意象为表征的地域文化于作家本人而言，不仅可以为其提供创作素材，还可以使读者更好理解其审美情志的产生背景。

与此同时，由于特定历史环境的变化，"一个地域若干旧意象逐渐死亡、新意象产生并取代旧意象，这种新旧交替和一个典型意象的被接受、被改变"②，都纳入本节所要讨论的地理意象演变的范畴。由于宁夏西海固作家的人数属实较多，且一直都是当代宁夏文坛的中坚力量，故本节以西海固作家小说创作为重点研究对象，借机一窥前后期宁夏小说审美意象流变的全貌。

经过对前期宁夏小说中地理意象的深度梳理，我们可以将宁夏小说传统地理意象大致分为以下几个元素："土地""山""水"。马金莲的小说《父亲的雪》讲述了女主人公由于母亲再婚而寄居到自己的叔婶家中，自幼便深切体会了人情冷暖、世态炎凉，继而对其亲生母亲产生了深深的隔阂与怨怼，这种消极情绪也一度迁移到继父的身上。女主人公回母亲家时，一

---

① 周福. 20世纪末期宁夏文学中的西海固乡村地理意象[J]. 宁夏师范学院学报，2018，39（6）：41-45.

② 潘泠. 汉唐间南北诗人对地域意象的不同形塑：以《乐府诗集》为中心[D]. 上海：华东师范大学，2015.

时赌气,执意离开,可此时恰逢大雪,在山路行走实属不便。于是,继父悄悄跟在主人公的身后,默默护送着她安全回家,这间接导致了继父的离世。小说文本始终以一个小女孩的视角尽情观照、打量这个略显"成人化"的世界,极力洞察生活具有的本真鲜活的质地,继而深情地讴歌与赞叹了继父博大宽广的情怀,从而引发了广大读者的唏嘘与深度感喟。

小说文本中多次出现了"土地""山""山路""雪"等特定的地理意象,这既全方位展示出西海固乡土社会的地理全貌,让读者对本地特殊的地形地貌、自然气候有了初步清晰的认知,也更好地帮助他们理解在特定地理环境中孕育出的独特灵魂,还对小说中人物性格的塑造、情节发展的设定、主题意蕴的表达起到显著作用。此时,小说中的地理物象远非表述地理内涵的简单文化符号,而被赋予了更多创作者的审美情志,承载了一定的审美功能,故马金莲小说中大量的地理意象起着更好传达作家创作意图的作用。其"小说中的人物扎根于西海固贫瘠的土地,过着面朝黄土背朝天、土里刨食、靠天吃饭的生活,面对恶劣的生存困境,承受着生命中诸多无常的打击"[1],而在接连不断的打击中,当地人无比坚韧的灵魂得以反复淬炼。

"土地"则是宁夏小说中最为常见的一个地理意象。在小农经济长期占据主导地位的宁夏西海固地区,土地一度成为当地人生存的全部希望。了一容的小说《沙沟行》充斥着大量的土地意象,"他看一眼这荒凉的土地……心里就虚虚地掠过一丝恐惧和寂寞。"[2]西海固贫瘠的土地状况给当地人带来生存上的巨大障碍,早期的饥饿体验仍然残存在作家的记忆深处,继而产生的忧患意识在小说中更是随处可见。石舒清的小说中也不乏一些鲜明的地理意象,如"满地的苜蓿花开着"[3]。这有力地揭示出宁夏西海固人面朝黄土背朝天的种种艰难生活状态,还趁便对他们勤劳能干的美好品质予以了高度颂扬。"土地""苜蓿花"等意象被嫁接、组装在一起,共

---

① 徐玉英.马金莲小说的悲悯情怀[J].北方民族大学学报(哲学社会科学版),2020(3):153-157.

② 了一容.沙沟行[M].银川:宁夏人民出版社,2016.

③ 石舒清.底片[M].银川:阳光出版社,2012.

同营造出诗意的审美空间,给予读者愉悦的审美体验。

"老鸦村村长王国才在邻村弄得一块地,想平整出一个果院来。"①土地一度成为当地人的重要生活资源,靠天吃饭的西海固人也总想变着法地利用好土地,并不仅仅是为了满足生理的基本需求,更是从中获得一种精神寄托。"20 世纪末期西海固人对于土地的依赖程度决定土地不仅是一种资源与地理景观,而且是时人对于自身环境感知的物质与精神表达的地理意象。"②

"山"这一意象在早期宁夏小说中也层出不穷,同样扮演着一个极为重要的角色。西海固的地形普遍以山地、丘陵为主,平原为辅,故早期宁夏作家对意象的选取始终避免不了"山"这个意象,而在不同的文化语境中,"山"通常也承载着不同的美学意义。"我们两个就在这十万大山围着的、荒无人烟的沟里面结伴行走着"③,此时的"山"于主人公而言,充当着阻碍者的角色,不仅直接造成人物的行动困难,还一度压抑着其情绪。"我就到村后的梁顶上去转悠。"④这里的"梁顶"则作为人物消遣的意象,有着更多轻松闲适的审美余韵。"那时候山不像现在这样光秃秃的"⑤,值得注意的是,此时"山"意象所传递出来的情感与之前又略显不同,这明显已是人们对大自然过度开发的结果,山上的植被覆盖率大大减少,生态系统遭到严重的破坏,"山"自然承担着现代文明发展的一切后果,不免使得读者感到了阵阵凄凉与哀婉。

"水"这一意象在当代宁夏小说中同样有着较高的出现频率,且不容轻易忽视,本节中"水"的概念相对而言就显得宽泛,包括自然界中的"小溪""河流""湖泊""雨雪""冰雹"等。在蒸发量远远大于降水量的宁夏西海固

---

① 石舒清. 灰袍子[M]. 银川:宁夏人民出版社,2012.

② 周福. 20 世纪末期宁夏文学中的西海固乡村地理意象[J]. 宁夏师范学院学报,2018,39(6):41-45.

③ 了一容. 沙沟行[M]. 银川:宁夏人民出版社,2016.

④ 石舒清. 灰袍子[M]. 银川:宁夏人民出版社,2012.

⑤ 石舒清. 底片[M]. 银川:阳光出版社,2012.

地区,"水"对于当地人而言显然极为珍贵。每逢下雨或下雪的时节,他们往往用水窖储存多余的"水",以供不时之需。"他们必须面对也许是年复一年的旱情……时而心怀绝望地守望遥遥无期的雨雪天气"①,故在很长一段时间,"水"资源对于西海固人而言,往往凝聚着其极强的情感,有着独特的审美依赖。"水"在作家的笔下,自然沾染了较多的主观意识,继而成为一种特殊的审美意象。"他想住砖房,他想喝甜水,他想有一个宽展的光阴"②,在一些极端的情况下,"水"对于当地人来说,甚至比金钱更加金贵。尤其在那些连续干旱的时节,常出现有钱买不到水的尴尬局面。因此,在一定程度上,把可以喝上甜水作为过上了好日子的象征也就很容易理解了。

"走出沙漠吧,去找水源,走出山谷吧,去找世界,水源就是生命,世界就是强大。"③它出自长篇小说《月亮是夜晚的一点明白》,是其中男主人公丁玉清有感而发所作的诗歌《精神天使》中的句子。此时,查舜笔下"水"的意象又有了新的美学内涵,它并非仅指自然界中的"水"资源,更是特指一个民族的"希望"与"未来"。查舜等老一辈宁夏作家普遍深刻意识到在当代社会的快速发展进程中,一个民族要想获得长期稳定的发展,只有勇于创新,积极投身于时代变革的宏大潮流之中。相反,如果选择故步自封,那么久而久之,这个民族一定会因为失去创新而永久丧失活力。此时,小说文本中的"水源"显然象征着一种创新与希望,有着特定意义的审美能指。

"雪花飘落的情景,多么像女儿出嫁,随着媒人的牵引,她们飘落到未知的陌生的人家,慢慢将自己融化。"④此处的"雪花"完全被作家拟人化,"雪花"在空中几经辗转,最终飘到无垠的大地,仿佛一个嫁出去的女子,来到陌生的家庭,与婆婆、妯娌相互周旋,直到彻底融入这个崭新的家庭,内化成为其中的一分子。这个过程明显时刻充满着种种难以言说的阵痛,作

---

①　王贵禄.中国西部小说叙事学[M].北京:中国社会科学出版社,2015.
②　古原.山顶上的积雪[J].朔方,2001(Z1):70-73.
③　查舜.月亮是夜晚的一点明白[M].北京:人民文学出版社,2007.
④　马金莲.碎媳妇[M].银川:宁夏人民出版社,2012.

者意图对"雪花"意象的征用有力表达出西海固女性生存现状的种种艰辛与不易。与此同时，文本也深深地寄寓着作家对乡村普通女性深深的同情与悲悯。

梳理后期宁夏小说的地理意象，又可将其大致分为以下几个元素："都市""车站""工地"。"都市"意象在现代宁夏小说中较为常见，伴随着现代化浪潮的快速席卷，不只宁夏的西海固地区，甚至在整个中国地域环境中，人们居住地理空间的格局显然发生了巨变。乡村空间逐步让位于都市场域，都市作为一种新兴的地理文化景观，在近年宁夏小说中更是不断出现，尤其在宁夏女性作家的笔下，都市往往承载着较多的审美功能，即通过书写特定都市空间中知识女性种种复杂且隐幽的精神状态，继而有力地折射出现代女性"自我主体"身份建构的重重困境。

然而，不容忽视的是，中国毕竟是一个农业大国，这也就决定了中国仍然主要依靠农业生产，乡村始终占据着主导性的地位。因此，乡土文明将长期居于中国文化舞台的核心地位，尤其在发展偏于平稳的宁夏地区。因此，现代宁夏小说始终无法摆脱传统地理意象的"影子"，只不过其所意图传达的审美情感较以往产生了一些幽微的变化，值得重点关注。

"城里人换新房，农村人接旧房。"①"你以为城里人都跟脏狗娃子一样？大大小小到处是澡堂子。"②从中可以窥探城乡差距的悬殊之大。"都市"一般代表着一种先进的文明，总是有着一股神奇的"魔力"，时刻吸引着乡下人驻足观赏，甚至产生了一种近似迷恋的"审美情愫"。乡下人久居在乡村，物质文明的相对落后，总会促使一部分人急于逃离，前往较高等级的都市场域，在新颖的都市文明中执拗地找寻人生的所有意义，继而逐渐完成自我身份的"转换"与"重构"，这个过程时刻充斥着一种新奇与焦虑。"杨洁一句话就像一股气，一下子吹胀了马清的一个梦想：要在这座城里弄套

---

　　① 李进祥.二手房[J].广州文艺,2016(3):5-31.
　　② 李进祥.换水[M].桂林:漓江出版社,2009.

自己的房子"①,"城市就是城市,工地附近的小巷都有了些迷离的灯光"②,此时的"都市"意象分明是一种高级文明的有力象征,熔铸着人们的美好希冀与向往,凝聚着极强的情感张力,激发作家生产出种种较为丰富的文学想象。

然而,值得警醒的是,并非所有宁夏小说的"都市"意象都可以满足人们的某种心理预期,从而寄寓美好的审美期待,如"城市不断地扩大,水波纹样一层一层向外荡漾,农民工像水波上的柴草和蜉蝣,又被波漾到城市的最外圈"③。乡下人从农村到城市,很难瞬间完成自我身份的转换与对接,由于一系列复杂的原因,都需要经过心理调适,经受种种艰难过程,都要普遍经受人性深处的挣扎与阵痛。大部分人以农民工的身份有机介入都市场域,他们在城乡的边缘来回游走,既深感乡村物质条件的极度匮乏与滞后,又深刻体察到自我融入城市的艰难困境,在二者不可避免的矛盾性冲突中,普遍迎来严重的精神危机。

"我把儿子割给你们吃了,我在城里还没有扎站的地方吗?"④文本则呈现出一个更为极端的惨烈场景,作家果断地选择让一对农村父子承载来自城乡文化之间的剧烈矛盾,城市巨大的生存压力投射到一对普通人身上,他们根本无法承受,只能以悲剧快速收尾。作家较为熟悉小人物在都市生活中的种种生存困境与精神压力,让读者也清晰地把握住生命现实的复杂纹理。在此,小说作品远非城市外观的全景式"展览",作者相当深切地触及了都市生存的众生相与内部的肌理。

"车站"意象在小说文本中也曾屡次被赋予多重审美内涵,具有极强的审美意义上的表达。宁夏西海固的地形普遍以山地、丘陵为主,而平原较少,因此以往出行实在不便,当地人一般通过步行到达目的地。而伴随着

---

① 李进祥. 换水[M]. 桂林:漓江出版社,2009.
② 同①:63.
③ 同①:63.
④ 同①:59-60.

社会的快速进步发展,人们对于出行方式有了更多的选择权,从自行车、摩托车到公交车、汽车等,继而衍生出多种类型的交通场所,场所的变迁进一步催生出当代宁夏小说中奇特的审美景观。

"车站"作为一个地方的流动站与交通的重要枢纽,在近年来的宁夏小说中更是频繁出现,值得重点关注。"车站"意象凝聚了作家复杂的情感态度与审美认知,更是深刻地烙印着作家独特的社会记忆与情感体验。"我回老家,到汽车站去坐车"[①],公交车、汽车等成功地取代了步行、自行车、摩托车等,逐渐成为当下社会的主要出行方式,且日益受到人们的青睐与追捧,这已然是生活的常态。"车站"这个地理公共空间场所也被大众日益熟知,成为乡镇或都市景观中一个鲜明的地理坐标。"车站门口有两三级台阶,台阶上已经坐了些人。"[②]"车站"意象在小说中往往作为人物进城或返乡的审美背景出现,人物的行动脉络都与其息息相关。"车站"这个地理意象空间相对容纳着较多的流动人员,小说中多重人物之间的关系通常在此地才产生了一些交集与碰撞,这对小说文本中主要人物性格的审美化塑造、故事情节的有力推动以及小说主旨的审美化表达等,均起到了显著作用。

"工地"则通常指"施工场地",当代宁夏小说中的"工地"意象往往指那些处于城市中心或者边缘地带的施工现场,而涉及农村场域中的"工地"明显相对较少。因此,本节中的"工地"意象更加侧重于城市中的"施工现场",位于农村的"工地"则不在本节的重点探讨范围之内。在中国现代化的快速进程下,农民进城务工的热情更是呈现出持续高涨的态势,因此也一度催生出宁夏小说中多种的城市地理意象,如"工地""车站""招待所"等。其中"工地"的意象较为突出,值得进一步展开深入探讨。

"工地"这个地理空间集聚了一大批农民工,他们往往以"游离者"的身份不断地辗转于城乡之间,面对着故土家园的持续溃败与城市的繁华热

---

① 李进祥.三个女人[J].朔方,2017(6):6-16.

② 同①。

闹,个体总是显得极其彷徨不安。然而,他们越是想要尽快融入脚下的这片土地,反而会越被城市甩到更加边缘的位置。因此,宁夏作家经常通过对这一底层群体生存场所的特别关注,即对"工地"这一地理意象的专注描摹,尽情烛照农民工群体复杂而隐幽的精神世界,对这一群体的持续关注越发有力地彰显了作家的人道主义情怀。"说还是工地热闹,在工棚里睡得香。"①对于一些农民工来说,都市文明以一种异于传统乡村文明的新形式强烈地吸引着他们关注的目光。他们对都市生活无时无刻不充满着无尽的向往与憧憬,希望通过打工可以尽快成为其中的一分子。此时,"工地"的意象明显被作家有意披上了一层极其神秘美丽的"面纱",继而有机地融入了打工者些许的审美理想与寄托,从而具有极为丰富的审美情感与强大的审美张力。

"C市也在热火朝天地建设,四处都是工地。"②诚然,在众多职业之中,尤以在"工地"打工最为辛苦,工人们往往付出了极高强度的体力劳动,但仅仅换取了相当微薄的收入,生存与精神压力的双重重负使他们时常陷入十分严重的精神危机。更有甚者,他们的生命安全也时刻受到威胁,无法得到基本的保障。"活动开也许就好了。他就到工地上去上工。"③主人公马清在工地上由于一时的疏忽,从高处摔下,致使终身残疾,不仅损伤了其身体,还直接摧毁了他的"城市梦"。自此,他与妻子杨洁两个小人物的命运仿佛"潘多拉的盒子"④被打开了一样,各种悲剧接连上演,引人唏嘘。最终,杨洁彻底沦落为妓女,两人在身体与精神上都饱受着惨痛的折磨,不堪重负之下,还是决定返乡,试图借用"清水河"的水抚慰受伤的心灵。这里的"工地"意象充满着生活最本真鲜活的质地,生活本来的严酷性尽显无遗,更是有力地撕破了人生中过多想象的"面纱"。

---

① 张贤亮.一亿六[M].贵阳:贵州人民出版社,2013.

② 同①。

③ 李进祥.换水[M].桂林:漓江出版社,2009.

④ "潘多拉的盒子"为希腊神话中的一件物品,宙斯给潘多拉一个密封的盒子,里面装满了祸害、灾难与瘟疫等,让她送给娶她的男人,最终被打开。以后泛指引起种种祸患。

　　宁夏作家经过较长时间的耕耘创作，开拓出各自文学世界的乌托邦与根据地，如石舒清心里的"疙瘩梁"、马金莲眼中的"扇子湾"、李进祥口中的"清水河"、查舜笔下的"梨花湾"等。这些简单的地域文化符号在成功进入作者的文本建构过程中，已被赋予全新审美内涵，有着诗性审美色调。同时，小说中丰富的地理元素体现出作家强烈的地理感知思维。地理意象在文本中的多重呈现有着极强的地域层面的表达。地理意象是构成文本地理空间的重要基础，"多种地理名称之间的排列与组合，多类地理意象组成的多重地理空间，多种地理信息之间的分布与组接，多种地理元素组合而成的地理图景"①，彰显出宁夏作家普遍具有的痴恋乡土的情怀。他们的文学创作之根深深扎在记忆中的故土，小说中的地域书写就是其外在表现形式。可见，宁夏作家与乡土文明早已融为一体、密不可分。早期宁夏小说征用的这些复合地理意象，较好地令个人与家园情感交融，使作家的个人情感力量通过小说得以尽情地宣泄。

　　然而，近年来由于生态移民政策与城镇化进程的交叉影响，人们的生存场域从乡村逐步过渡到城镇或都市。纵观近年来的宁夏小说创作，也可以发现文本中的地理元素不断地从乡土逐渐迁移到都市，继而带来审美趣味上的流变。现代宁夏小说中的地理意象较以往也得到了更新与发展，在传统地理意象的基础上注入了新的时代气息，继而有力地丰富了旧有意象的审美内容，拓展了其审美的外延，同时彰显出鲜明的时代特征。宁夏作家纷纷把现代生活纳入自己的审美视域，与个人的独特情感体验融合，继而创造出大量反映当下生活的全新的地理意象，有机地构筑起现代地理审美意象的长廊。

　　但不可否认的是，近年来，宁夏小说依然征用着传统的地理意象，虽然大部分宁夏作家已生活在现代化的都市空间中，但究其根源，其创作仍根植乡土。乡土文明作为凝聚着宁夏作家向心力的强有力文化形态，作家对

---

　　① 杜雪琴.易卜生戏剧地理诗学问题研究[D].武汉：华中师范大学，2013.

其存有极强的情感依赖,必将长期指引着宁夏小说未来的创作方向与美学追求。故在探析宁夏小说地理意象流变的规律时,应充分把握这一点,意识到流变过程并非一蹴而就,而是一种嬗变式的审美化表达。

二、民俗审美意象的流变

本节通过对民俗与审美的有机结合,破除不同学科之间的壁垒,提取不同时期宁夏小说中的民俗意象,发现特定时代下审美精神的不同,并从中发现多样的民俗审美文化呈现样式,进一步阐释宁夏小说的民俗审美文化属性,探究其民俗审美生成机制,洞悉其在不同时代语境下的流变规律,为更好地实现民俗与审美的"联姻"打下坚实基础。

因此,本节呈现出宁夏小说中传统民俗意象与现代民俗意象的不同样态,有力地揭示出新时期以来宁夏小说中民俗审美意象的流变规律,并深刻地洞察出小说背后蕴藏的深层文化内涵与生活韵味,忠实记录着时代的变迁,有助于读者更加全面地了解宁夏的社会历史与日常生活,以期丰富宁夏小说民俗审美文化的理论阐释空间。

本节经过梳理早期宁夏小说中的民俗意象,探察到宁夏小说传统民俗意象可大致分为以下几个元素:"堡子""面食""花儿"。"堡子"这一意象在宁夏小说中较为常见,作为建筑民俗文化的独特形式,其在西海固这片土地上存在较长时间,如今虽因生态移民,当地人大都搬迁到乡镇或都市,但"堡子"作为一种曾长期提供人们居住生活的建筑景观,不应该被轻易忽视,可深度挖掘其背后丰富的美学内涵。早期宁夏小说中"堡子"意象的频繁出现,昭示着这一独特的文化意涵已渗透到当地人的精神领域,实现了个人对民俗与地域文化的深度确认及认同。

"堡子高大厚实,四楞见方。"①"堡子"的构造较为复杂,其中掺杂着种

---

① 火会亮.村庄的语言:火会亮中短篇小说集[M].银川:宁夏人民出版社,2005.

种自然与历史文化要素。为了地基牢固与采光方便，选址一般为地势较高且平坦的地方。早期"堡子"主要作为军事用途，往往建造得比较牢固，有着很好的防御外敌的实用功效。如今虽然早就已经没有了外敌的纷扰，但这种建造模式却遗留下来，一度沿袭至今。在郭文斌的《点灯时分》中，"堡子"意象有了形而上的审美意蕴，并不指具体的某一个事物，而是抽象化的概念，特指生活在"堡子"里人们之间的温情与呵护及其形成的强大的精神能量场。此时，"堡子"仿佛是一个可以给人幸福的能量场，它就像太阳一样，随时都会温暖照耀人们的心灵。

"面食"①这一意象在早期宁夏小说中层出不穷，其作为小说中饮食民俗文化符号的典型代表，在文本中建构出一种别致的审美景观。宁夏独特的自然条件决定了当地饮食以面食为主，故宁夏作家笔下时常出现"面食"。通过提炼与研究小说中的饮食民俗意象，可以洞察特定年代下的生产生活方式与独特的生活景观，继而烛照出简单饮食呈现方式背后潜藏的深层民族精神与文化底蕴。

"晚饭还是白水洋芋面。"②小说中简短的一句话就能表现西海固人早期的饮食习惯，即把"面食"作为主食，这是由当时的生产力决定的，人们往往没有太多选择的余地。伴随着生活水平的提高，餐饮文化水准提高，人们的食物已经不再单纯局限于"面食"。故在现代宁夏小说中，饮食民俗文化逐渐呈现出"多面相"的审美景观，摆脱了以往单一饮食条件的束缚。"打箩箩，磨面面……舅舅喝面汤，我吃一大碗！"③此为西海固家喻户晓的儿歌，从中也可以透视出当地的饮食文化习俗。作为一种曾长期受当地人青睐的饮食形式，"面食"悄无声息地渗入人们的精神世界，积极参与着当地人精神世界的深度建构，成为展示当地人内心世界的"窗口"，在作家客

---

① 由于早期宁夏小说中的"面食"种类较多，不一而足，且大都在小说中零散出现，并未形成一种固定出现的"面食"，故本节选择"面食"意象作为所有具体面食类的统称，下文不再赘述。

② 马金莲.1987年的浆水和酸菜[M].广州：花城出版社,2016.

③ 张贤亮.绿化树[M].上海：上海人民出版社,2012.

观的叙述中,也隐含着其主观的情感性选择。"面食"这个意象作为一种"文化符号",始终贯穿于不同时期的宁夏小说,不可否认,现代宁夏小说中仍存有"面食"这一意象,但较传统宁夏小说所占的比重而言,现代宁夏小说里只是偶尔提及。

作为一种含有强烈地域与民族色彩的民俗文化,"花儿"凭借自身的语言与形式美为当地人所喜爱,并"彰显出特有的艺术魅力,成为中国民歌百花园中的一枝奇葩"[①],在当地各大节日中,人们争相传唱。在早期宁夏小说中,"花儿"作为审美意象频繁跃入读者的审美视野,给予读者新奇与愉悦的审美体验。这使"花儿"意象承载了一种较为丰富的审美内涵。

"不时就能听到花儿歌声。"[②]"花儿"已成为当地人生活中重要的"调味料"。每逢节假日,甚至其他闲暇的时光,人们都要唱几首"花儿"抒发内心情感,或者排遣一下压抑已久的情绪,"从胸腔中漫出的山歌儿,高亢而缠绵"[③],这种现象在西海固已司空见惯。"20世纪西海固乡村文化娱乐生活相对单一的背景下,'花儿'是人们生产劳作之时的情感文化大餐,其作为一种声音景观传达出时人群体对于幸福恋爱婚姻的理解与闲适生活的知足,也是时人情感抒发的重要表现形式。"[④]可随着时代的快速发展,"会唱干花儿的人已经很少了"[⑤],民俗文化的传承与接续面临着日益严峻的考验,这已然成为不争的事实。年轻一代纷纷涌向城市地带,试图寻求一种全新的生活方式,在热衷找寻都市生活经验的过程中,对传统乡村民俗文化的淡化与遗弃几乎是同时发生、不可避免的,应当引起"疗救"的注意。此时,小说中的"花儿"意象相较之前,平添了哀婉的审美意蕴。以往小说的"花儿"意象在特定的语言情境中往往以轻快愉悦的面目出现,焕发出蓬

---

① 周亮. 花儿的文学性与音乐性关系及传承研究[D]. 兰州:兰州大学,2010.
② 李进祥. 花儿[J]. 中国民族,2015(4):74.
③ 马秀琴. 李进祥小说论[D]. 银川:宁夏大学,2011.
④ 周福. 20世纪末期宁夏文学中的西海固乡村地理意象[J]. 宁夏师范学院学报,2018,39(6):41-45.
⑤ 李进祥. 干花儿[J]. 六盘山,2009(4):4-9.

勃的生命力,但现代小说中的"花儿"意象则以些许凄凉的审美色调呈现在读者面前。

在整理后期宁夏小说民俗意象的过程中,可将其大致分为以下几个元素:"楼房""媒介""汽车"。现代宁夏小说中"楼房"的地理位置多在城市中心,而非农村地区。因此,本节侧重论述城市中的"楼房"意象,位于农村的则不在本节的讨论范围之内。

"甚至感觉在给自己干活,给自己盖楼房。"[1]对于马清与杨洁这种从乡下来到城里打工的小人物而言,他们日夜的梦想就是在城里拥有一套"楼房",未必是豪华大居室,但起码是一个在繁华都市里的栖身之所,是在人生困境里给予精神安慰的所在。为了早日完成这个心愿,一大批像马清、杨洁一样的小人物积极投身于城市底层工作的洪流之中,而"楼房"意象在他们眼中远非一个客观的物质存在,而是深刻隐喻着自由与梦想、未来与希望等内涵。正是因为这么一群踏实肯干、兢兢业业的底层劳动者,城市的未来才有了新的希望。然而,在钢筋水泥建构的都市空间中,"楼房"意象有时也象征着淡漠的社会与人心,给人一种疏离感,如镜像一般揭示出现实社会中存在的种种矛盾。

"小区里首先是一片广场,走过广场,行人分流,人群走向广场周围林立的一栋栋楼房……走到后来甚至会显出几分冷清来。"[2]现代化建筑在带给人们便利的同时,也正逐步瓦解以往邻里和谐的伦理关系,带来了不可避免的生疏与隔阂。同一楼道的邻居彼此并不熟稔,"楼房"的特定属性切割了以前邻里之间紧密的居住模式,进而造成人际关系在当下社会的日益疏离。长期置身于异化的伦理关系中,人们的精神状态普遍呈现出不稳定性与危机感。

"媒介"是人们在丰富的生活实践中不断创造发展出的审美文化产物。基于这个维度,"媒介"本身就是一种民俗事项,又因汇聚了创造者的丰沛

---

① 李进祥.换水[M].桂林:漓江出版社,2009.
② 马金莲.通勤车[J].长江文艺,2020(5):4-17.

情感而成为独特的审美意象。现代宁夏小说的"媒介"意象较以往呈显著增长趋势,体现出作家有着与时俱进的创作理念,彰显出小说民俗意象鲜明的时代性特征。现代"媒介"的发展带动了政治、经济、文化等传播的效率,反过来,社会的发展也时刻促进多种"媒介"样态的更新,两者呈现出双向互动的良好态势。

当代人也受惠于"媒介"带来的诸多便利,"我们兄弟平时很少打电话,有什么事在微信上留言,有时他发了帖子,我给点赞。我发了,他也会点。"①各种"媒介"新形式的更新促使大众对其不断产生新的情感认知,"电话"作为人们创造发展出来的产物,发挥着不可替代的作用,给普通大众提供了生活的便利,之后,手机、电视、电脑等新型"媒介"相继产生。它们不断地更新换代,对其不同形式的选取体现出人们对其情感态度与审美认知的迥异。然而,"媒介"也是把双刃剑,在给予当代人便捷式生活体验的同时,也凭借一种"魔性"的力量将人们裹挟进特定的时空,在无形中建构起来的空间中,人们自我掌控能力的普遍缺失逐渐成为常态,终将导致人的"物化"和"不自由"。

"一整天坐在椅子上,瞅着电脑,她屁股疼。"②各式"媒介"俨然占据现代人生活的全部,人们长期在其支配下会逐渐变得"物化"。与此同时,现代社会生活节奏的加快使人难以承受,身体与心灵的双重健康日益受到严重威胁与挑战,愈是生存在紧压型的社会空间中,人们的心灵越难有真正归属,个体精神也一度被抽空,这种状况甚至加速了整个社会普遍面临的精神危机。这个时代的到来强烈宣告着"都市之子"精神家园建构的紧迫性。甚至在某种程度上,现代"媒介"对人们精神高地的侵袭已达到逐渐失控的地步,"对方不知何时已摸索出一部手机,正用似乎沾染了血迹的乌黑的手指颤颤巍巍地搜寻着号码,屏幕发出幽蓝幽蓝的光,有些触目惊心。"③

---

①　马金莲.低处的父亲[J].长江文艺,2018(7):46-76.

②　马金莲.局外[J].北京文学(中篇小说月报),2019(10):59-83.

③　张学东.尾[M].郑州:河南文艺出版社,2017.

主人公无意中把老人撞倒在地,本来是好心地扶老人起来检查其伤势,却被老人误解与讹诈。之后,这场撞人事件被各大媒体夸大其词,又经过媒体不停地转载,对主人公的人生造成了沉重的打击。可以看出,网络总是会淹没最真实的"声音",个人的"话语"也不会再有人信服,从中折射出现代社会中人们普遍面临的信任危机。此时,手机、电脑、电视等"媒介"往往起着推波助澜的作用,甚至加速了整个事件的发酵。在这种特殊的状况下,"失真"便是其最大的特性之一。此时,人们对"媒介"的情感态度与审美认知也较为复杂。

近年来,"汽车"意象在宁夏小说中的比重持续上升,这得益于中国经济的迅猛发展,人们对"汽车"这个交通工具普遍有着更高品质的审美追求。回望20世纪80年代左右,彼时中国的整体经济局势不容乐观。在当时那个特殊的年代,人们的温饱问题还未得到彻底解决,交通设施的发展更是无暇顾及,人们大都采用步行的方式。西海固处于宁夏南部,多山的地理环境与相对落后的经济基础更决定了当地人很长时间都以步行为主。

自行车在宁夏西海固的大范围普及都是20世纪末的事情,何况汽车等现代化交通工具,故在以往的宁夏小说中,很难看到"汽车"意象的"身影"。虽然汽车在张贤亮的小说中时常出现,间或有其他作家在零散的小说篇目中提及,但整体来说较少。以个别作家的个别作品为主,彼时"自行车""拖拉机""摩托车"等交通工具意象在宁夏小说中占据主流地位。直到21世纪初,中国的政治、经济、文化等整体实力都取得了突破式上升,物质水平的提高促使部分人购买汽车等现代交通工具,宁夏小说中也更多地看到"汽车"意象。

"你已是有车一族了,好牛啊!"①21世纪初,人们的生活条件相较20世纪,虽然已经得到了大幅度的改善,部分人已有经济能力购买"汽车",但也只局限于部分城里人,相对来说,此时广大农村人尚未有购买"汽车"的经

---

① 张学东.尾[M].郑州:河南文艺出版社,2017.

济能力。所以,这时"汽车"在人们心目中仍保有较高的位置,寄寓着丰厚的审美情感。"尤其是那些川流不息的车辆"①,到了这个阶段,"汽车"作为当代社会的必备交通工具,已普及到每个家庭,成为必需品般的存在。然而,当"汽车"产业出现饱和状态的时候,过度的饱和会产生适得其反的效果。起初人们为方便出行才选择购买,但当购买人数过多时,则会出现交通拥挤,反而延长了出行时间。这时,"汽车"的意象被作家赋予了多重审美情感,人们对其的审美态度也较为复杂。

　　民俗作为地方大众在日常生活实践中集体创造的文化形态,能直接反映当地人的审美习性与价值取向,既融入了个体独特的审美追求,又彰显出地域性与民族性的审美观念。可以这样说,"民俗事项的审美化呈现,从人文景观和文化精神层面上融汇着族群的审美情趣。"②纵观新时期以来宁夏的小说创作,不难发现作家普遍达成了一种共识,即把民俗文化内化于小说作品中,这不仅极大丰富了小说的文本含量,还有力地拓展了小说的审美视域,流露出新的审美旨趣,小说因民俗情感的浇筑变得异常生动活泼。"宁夏青年作家对民俗的书写,显示了他们对这片土地的挚爱。并非是对乡土进行陌生化的展示,而是一种新的创造和发现;不是一味地赞美或批判,而是带着同情之理解,并将其纳入宗教、美学、哲学和文化的高度进行审视和拓展。"③

　　在宁夏小说民俗意象的演变过程中,由于人们审美心理的变化而产生一定程度的流变,而反过来,民俗也承担着教化人们心灵、重塑其精神世界的强大功能。通过繁复的审美活动,人们可以实现对中华优秀传统文化的深切体认。民俗是十分鲜活的文化样态,在稳定中又有些微的变动。作家对新型民俗审美文化元素进行有力捕捉,可以勘探出当地人文化心理与精神风貌的多方面变迁。

---

① 张学东.尾[M].郑州:河南文艺出版社,2017.
② 海晓红.当代回族文学审美形态论[D].兰州:兰州大学,2014.
③ 马秀琴.李进祥小说论[D].银川:宁夏大学,2011.

第二节　写作手法的流变

　　本节通过展示新时期以来宁夏小说中传统写作手法与现代写作手法的不同审美策略，洞察不同时期宁夏小说在写作手法上的流变规律，揭示宁夏作家勇于向外来文化学习的优秀品质。他们善于把中国传统文化与外来优秀文化进行合理嫁接，进而创作出具有多元审美品质的小说作品，使宁夏文学充盈着灵动的气息与独特的审美魅力。

　　由于地处偏僻，当地人的眼界长时间得不到有效拓宽，思想也趋于保守，便总是情愿拘囿于自己所处的一方天地之中，作家也是如此。彼时，宁夏小说的创作在审美意识与审美主题上，也一味倾向于故土家园的点滴日常，对处于其间人们的琐碎日常进行多维阐述，在对家园的诗意回望中不断积淀起深厚的诗性情感，而未有立足于大的时代背景下观照当代中国的视野与胸襟。在写作手法上，彼时作家往往汲取中国传统文化的肥沃养分，积极承继着中国式写作技巧的诗性传统，表现出对中国传统文化极强的情感寄托与审美依赖，而往往淡漠外来艺术的审美化表达，主观上排斥对外来文化的借鉴与吸收。

　　究其原因，一方面是地理位置的相对偏僻造成作家一度对外界信息接收不便。另一方面，中国是农业大国，宁夏又有"塞上江南"的美誉，故小农意识在这块土地上长期占据着主导地位，受此意识形态过度统摄的宁夏作家，审美意识相对简单，倾向于在对生存与精神苦难的双重超越中体会中华民族精神的伟大与精妙,同时暗含对家园强烈的皈依情怀,有着浓烈的"大地"意识,在对民族文化的寻根中重获精神上的超脱与自由,而对来自西方的异质文化采取漠然置之的高冷态度,始终保持着一定程度的疏离。

但值得注意的是,彼时已有个别作家敢于打破宁夏小说旧有的审美常规,冲破审美范式上的束缚,但尚未形成有组织、有纪律的队伍,一般是单打独斗,各自为战。可他们的小说已体现出中西方文化的交流日益紧密。彼时,宁夏小说的写作手法趋于多元化,已经产生新的审美因子。张贤亮、金瓯、陈继明便是率先举起学习西方先进文化大旗的宁夏作家。20 世纪末的中国,国内的政治、经济、社会环境发生着翻天覆地的变化,较刚改革开放后的中国,有着更多新的文化元素。彼时,西方文化因子悄无声息地渗透进宁夏小说的内部肌理,已成为作家的普遍共识。

直到 21 世纪,张贤亮、张武等作家基本退出了宁夏文坛的历史舞台,而接下来,以石舒清、金瓯、陈继明为代表的"三棵树",以张学东、漠月、季栋梁为代表的"新三棵树"慢慢开始"集体发力",文学队伍业已初具规模。到后来,"宁夏文学林""文学银军"等相继产生,这都预示着宁夏文学良好的发展前景。与此同时,外来的优秀文化也借此机遇迅速进入宁夏文学场域,二者在碰撞交融中逐渐形成了多种新的审美样式。以回族作家创作为例,可以发现,"当代回族作家在现代境遇中并没有回避和退缩,作品也没有固守单一的文化形态和封闭的自我中心。他们在增强自己的民族自信心和自豪感的同时,对外来文化、异族文化持有冷静、包容、赞赏的态度,在学习并借鉴它们的同时,焕发出异质性的审美取向和个性化的审美特征。"①

值得注意的是,前期宁夏小说还是以传统写作手法为主,间或有些许现代写作手法的来回穿插。但彼时,其所占比重仍然较小,远远不及传统写作手法在宁夏小说中被多重运用的比重。而到了后期,由于作家创作观念的与时俱进和审美态度的多维转向,现代写作手法在宁夏小说中的运用

---

① 马慧茹.当代回族作家的文化认同与审美表达[J].武汉理工大学学报(社会科学版),2016,29(4):741-746.

开始逐步呈现递增的趋势。但也不能忽视传统写作手法对作家小说创作思维的深层影响，以至于在后期宁夏小说中，从作家比例来说，惯用传统写作手法的作家仍然占据着较大比重，尝试接受现代写作手法的作家比例正在稳步地上升。从中可以发现宁夏作家既有着对中华传统文化的深层眷恋，又有着对外来优秀文化的极度痴迷。

一、传统写作手法的呈现

在很长一段时间之内，"回族作家文学创作中的态度是内敛冷静的，无须花哨的笔法和技巧，仅仅运用一种'原生态'写作方法，即自然的细述、铺叙日常生活场景和细节，可是折射出的却是平淡生活中蕴含的丰富人性。"①这种纯天然、未过于雕琢的写作技巧一度得到宁夏作家的普遍性认同，并且延续了很长时间，且一直影响到现在。如今，宁夏小说中一些常见的写作手法也大都脱胎于中国传统的写作模式，这与宁夏作家长期培育出的创作心理机制密不可分。"没有传统文化和民间叙事的丰厚滋养，没有乡土的诗意抒情和生活的现代性伤痛，中国的小说作家很难得到大多数中国读者的认可，更不要说中西部比较传统的集体无意识文化心理和一般读者的审美期待。"②

郭文斌的小说《农历》作为宁夏小说中成功运用多种传统写作手法的典范，对后期宁夏小说创作产生了深刻且持久的影响。作家深受中国古典文化的熏陶与滋养，他的文学创作之根深深扎在传统文化中，早与其融为一体。故在其小说创作中，他总在不经意间就能调动起内在丰厚的诗性情感，诗化语言在文本中的随意穿插与安排彰显出作家内在的诗性情怀。在其审美思维惯性的强烈影响下，传统写作手法的多重使用便成为作家小说

---

① 马慧茹.当代回族作家的文化认同与审美表达[J].武汉理工大学学报（社会科学版），2016,29(4):741-746.

② 李生滨.丝路塞上：宁夏文学 60 年综论[J].丝绸之路,2019(4):58-77.

创作中审美表达的一把"利器"。小说对普通人物日常生活的铺陈叙述极其自然顺畅，而非刻意安排，人物个性、情节设定、主题表达等均在小说叙事的自然流动中缓慢呈现。然而，小说整体叙事节奏的缓慢丝毫没有影响作品的厚重感与美感，一切都静水流深。需要注意的是，作家对现代写作手法也并非一味地反感与排斥，而是适当地加以借鉴与吸收，但其小说创作整体美学策略仍然以传统的写作手法为主，现代的写作手法为辅。

除去诗性语言传统的典型共性，前期宁夏作家在小说表现手法的相通性上也往往达成高度默契，即擅长通过小说中人物的外貌、语言、动作等多种描写手法来塑造人物的典型性格特征，这为丰富文本阐释空间、增添文本审美韵味提供了必要前提条件。迥异的人物性格在文本中的交流与碰撞助推了文本高潮的产生，大大增加了小说的趣味性与审美性，间接提高了读者的阅读兴趣与文本的审美境界。中国传统描写手法尤以外貌、语言、动作描写为主，心理描写则次之。而在西方文化传统中，一向"重心理、轻情节"，人物心理活动在小说中往往占较大比重，而不太专注于情节的构思，这是两种文化的迥异之处。

在漠月的小说《放羊的女人》中，妻子与丈夫在性格上的差异是矛盾的根源。妻子安分持家，幻想丈夫早日放弃外出开车。但丈夫生性倔强，偏好外出闯荡，不甘于守在家中。两人的矛盾在文本中不时被表达出来，使小说情节更加曲折动人、引人入胜。这种显性的二元对立表现手法在中国传统小说中层出不穷，故在一定程度上，宁夏作家习得了中国传统小说二元对立的叙事习惯，在其进行各自小说的话语建构过程中，逐渐形成独特的审美品质与艺术追求。同时，在人物性格塑造过程中，作家常通过语言、动作等描写手法使人物更加形象立体、真实可信。"你永远'猴'在车上，你别回来。"①妻子抱怨丈夫的话语颇为简单，且混杂着本地方言，却让人感到一股亲切自然的生活气息扑面而来，体现出女人豪爽泼辣的性格特征，使

① 漠月.放羊的女人[M].银川:宁夏人民出版社,2012.

小说有着一种生活本身的质感,也有一种渗入生活内部肌理的真实感。文本朴实无华的审美特质展露无遗,填充了小说的审美韵味。

查舜的小说《月照梨花湾》也体现出诗性语言的特质,给予读者愉悦的阅读体验。与此同时,文本成功塑造出众多鲜明的人物形象,且人物性格均无扁平化,都具有典型性与各自的变化轨迹。而不同人物的命运在现代社会的急遽转型中又紧相连属,牵一发而动全身,故文本情节始终紧凑完整,可读性极强,极易引起读者阅读兴趣。同时,也揭示出中国传统小说写作模式对这篇小说的深刻影响,即文本中往往有着多样的人物性格与完整的故事情节,线索性极强。

小说以主人公丁玉清的人生轨迹为线索展开叙述,乡下物质文明的相对落后促使他急于到城里去打拼,从而实现自己的人生抱负。彼时,他与心地单纯善良的纳素娟的分离是其情感变化的重要转折。他从乡下几经辗转来到城里,无意中遇见李芬。李芬内心真诚正直,身上具备与纳素娟同样美好的德行。丁玉清与李芬的再次相见激起两人心中的情感波澜,然而由于种种原因,最终,丁玉清还是返回了他痴恋的梨花湾。在丁玉清循环式的人生命途中,他逐渐明确了自己的情感态度及内心转向,即对家园故土的始终痴迷是其情感认知的重要导向。

作家巧妙地设置“出走—回归”的传统叙事模式建构起小说完整的框架结构,使文本达成闭合式的圆满,体现出作家高超的叙事能力与丰沛的艺术才情。同时,小说中人物的性格多元丰满,具备典型性与象征性,无片面化倾向,较符合中国传统小说的内在审美诉求。人物的多维度塑造在作家笔下显得水到渠成、顺畅自然,毫无矫饰的痕迹,并无太多现代手法的介入。作家仅通过对日常生活事件的层层铺陈,使人物性格的典型特征自然而然地“浮出水面”,丝毫没有艰涩的感觉,彰显了作家超强的写作能力与塑造人物的能力,这也得益于其对中国传统写作手法的熟稔与内化。

前期宁夏小说在写作手法上展现出的美学面貌几乎如出一辙,《农历》《绿化树》《女人的河》《马兰花开》《黑河》《月照梨花湾》《放羊的女人》《花且《上庄记》等代表小说均秉承中国小说诗性写作的传统,无论是小说中诗性语言的多角度呈现,还是传统表现手法的熟练运用,均与外来文化始终保持一定程度的疏离,进而揭示出早期宁夏小说本质的独立性与纯粹性。

"通过阅读和信仰,通过智性沉思和审美沉浸,通过心灵漫游和精神创造,通过这种种内在的灵性生活"①,宁夏作家普遍将中国优秀古典文化更好地内化于自己的小说创作中,尤其对小说审美维度上的诗性浸染,作家对于中国传统写作手法的借鉴业已炉火纯青,成为宁夏作家小说创作思维中的集体无意识,潜移默化地影响着文本的内在审美品格与高超艺术追求,这已然成为前期宁夏小说创作典型的审美表征。然而不可否认的是,当置身于一个现代化的场域中,宁夏作家总会不可避免地受到外来文化的多维度渗透,这些充斥着新奇与异质的文化因子也偶尔进入作家的小说建构,使前期宁夏小说在以传统写作手法为主流的同时,也间或掺杂着现代写作手法的审美特性。

二、现代写作手法的表达

纵观中国的当代文坛,"20世纪80年代的'实验小说''先锋作家'和90年代的新潮小说家依赖于西方现代主义文学对中国当代文学的拯救,暴露出中国新潮作家在人文价值、文学观念、小说感验及创作方法上的焦虑和挣扎。"②此时,中国当代作家主动学习西方现代主义技巧的热情十分高涨。落脚到宁夏文学上,可以看到,"不论是寻根文化的思潮影响,还是新历史小说的命名,年轻一代宁夏作家的创作一方面在观念和叙事风格上呼应着时代的热潮和先锋,又始终在挖掘历史的某种记忆和文化价值"③,宁夏文

---

① 李汉荣.李汉荣散文选集[M].天津:百花文艺出版社,2011.
② 李生滨.丝路塞上:宁夏文学60年综论[J].丝绸之路,2019(4):58-77.
③ 同②。

坛就是中国当代文坛发展的一个缩影。

在先锋文学的强势席卷下，宁夏作家逐渐打破旧有审美窠臼，积极借鉴多元文化的精髓，开始对小说的文体风格进行自觉探索，尝试以多元叙事视角构建小说的整体框架。作家通过建构出荒诞离奇的叙事空间，把地域与民族文化元素强行拉到文本空间背景下，神话、传说、故事等民间文学形态也成为作家任意取材与进行再改造的对象。小说从现实主义逐渐迈向超现实主义，"类似这样的'重述神话'，其特征在于，它不同于寻常意义上的小说创作，虚构在这样的再创作中集中地体现为视角、体验、认知、理解的迥异：它要求作家在已有的故事框架内，有全新的艺术提升和思想创见"①，进而熔铸成迥异于宁夏小说传统文化形态的审美范式，这种另类的表达方式使得小说具有强烈的异质性，且由于现代性元素的加入，小说具备了深邃的文本穿透力与影响力。

金瓯的小说集《鸡蛋的眼泪》带有强烈的先锋性与实验性，可见作家精于借鉴西方艺术的表达技巧，与早期宁夏文坛其他作家略显不同。他一出手就显示出了非凡的艺术功力，让人耳目一新，给宁夏文坛注入了一股新鲜血液，打了一针"强心剂"，拓展了宁夏小说多面相的审美视野。小说《虚妄》塑造出"西"这个稍微带有反传统意味的主人公，通过讲述"西"与侄子们在旱冰场的短暂遭遇，体悟"西"由于身份地位的尴尬而产生的微妙心理，继而展现出其身份的虚妄性。小说以"西"的心理活动为线索进行建构，以其心中所想来推动故事情节的发展。意识流的穿插运用在小说中俯拾皆是，文本也颇具讥讽意味，"如此具有先锋意味的写作，值得读者细细品味。"②张贤亮的小说《一亿六》也以异于前期小说创作的审美特质而闻名。小说语言的随意拼接与组装，打破了旧有语言文字的格律规范，呈现出全新的审美面貌，有着陌生化的审美效果。

---

① 海晓红.当代回族文学审美形态论[D].兰州：兰州大学,2014.
② 苏涛,郎伟.在生命的纵深处渗出光亮：2017 年宁夏中短篇小说创作述评[J].朔方,2018 (5):162-168.

石舒清也是主动学习西方外来文化的作家,其偏于内敛式的写作风格丝毫不影响小说中现代性意蕴的多向度表达,"石舒清一方面学习契诃夫短篇小说的结构和讽刺艺术,另一方面非常崇尚博尔赫斯小说的精致和细腻。"①因此,在石舒清的小说创作中,既能看到未沾染过多西方技巧的"纯天然式"的写作传统,又能够欣赏作家灵动的叙事思维,即通过小说中现代性元素的自觉加入,异质审美因子在文本中得以不断再现、叠加,无论是语言陌生化的审美呈现,还是形式结构的推陈出新、更新换代,都必然带给读者全新的审美观感与精神体验。

其短篇小说《清水里的刀子》可以拿来进行重点分析。该小说短小精悍、人物形象鲜明突出、语言富有诗意韵味、主题表达深刻立体,这些各式的文学元素均彰显着中国传统小说的写作特色,深刻表明了作家坚定地扎根于中国优秀传统文化之中,疯狂汲取着丰厚的文化养分。然而不容忽视的是,石舒清作为积极借鉴外来文化的典型作家,现代性元素在其小说中也比比皆是,如陌生化等现代写作手法的多次运用。石舒清厚实的文学积淀使其对语言较常人有着更为敏锐的感知,方言、俗语、谚语等在小说中大量出现,人物的语言也十分生动贴切,极富泥土的气息与人文魅力。部分文字没有遵从严格的格律要求及规范,作家往往在表述的过程中,对字词顺序进行了适当调换,从而打破了大众旧有的审美观感,继而产生了一种陌生化的审美效果。

所谓"陌生化",归属于俄国形式主义的核心意义范畴。石舒清正是敏锐觉察到"陌生化"理论彰显的特殊审美魅力,故在其小说创作过程中,积极主动地借鉴其优长。由于作家本身就对语言文字有着异乎寻常的感知力与掌控力,因此可以根据其主观意愿随意调整字词的位置,给予读者新奇的阅读感受及审美体验。也正是由于现代性元素的频繁介入,其小说的穿透力才会如此强烈。

---

① 李生滨.丝路塞上:宁夏文学 60 年综论[J].丝绸之路,2019(4):58-77.

张学东的长篇小说《妙音鸟》则流露出强烈的魔幻现实主义色彩,使文本极富艺术冲击力与审美张力,同时彰显出作家精妙的艺术构思与丰沛的才情。小说聚焦在一个名叫羊角村的西北偏僻村落,书写出特定历史背景下普通人的生活遭遇,对寡妇牛香、乡村教师秀明等底层人物群体予以灵魂烛照,对他们良善的品性给予高度赞扬。同时,作家也毫不回避对反面人物的嘲讽与鞭挞,人性在极端情境下往往走向异化。作家通过书写羊角村的日常生活,折射出特殊年代下人性不可避免走向异化的无奈处境,褒扬了那些在苦难中仍保有健全人格的边缘人物,也讴歌了他们身上昂扬向上的精神风貌。

这部作品通过回溯一段特殊的历史,虚构出离奇与驳杂的审美空间,在建构出的多维意象空间中,亡人灵魂的复苏、狼群对寺庙的敬畏、鬼魂与活人的对话等荒诞不经的事件不断刺激着读者的审美感官,引起读者的好奇与兴奋,使人不禁叹服于作家蓬勃的艺术想象力与犀利的洞察力。"张学东多线索的叙述方式,有着昆汀电影的魅力,巧妙的结构蕴含着多角度的人生"[①],此时,陌生化写作已逐渐成为作家重要的创作倾向与审美取向。

其另一部长篇小说《超低空滑翔》也值得重点探研,它的文本既能体现出作家丰富的学识与灵动的叙事思维,又能展现出其高超的审美境界。小说语言精妙,融严谨与活泼等异质多元的审美因子于一体,使文本不仅呈现出多样性的审美景观,还在无形之中建构出内涵丰富、意义深远的意象审美世界。小说始终高扬着艺术美学的旗帜,在中国当代文坛独树一帜,显现出独特的美学基调,流露出独一无二的风采。这部小说语言平实、庄重、戏谑、滑稽,这些风格特点都被作家有意放大,且被巧妙地安置于同一个话语场域中,让它们彼此之间相互碰撞交流,进而生成了内在的种种关联,使整个文本语言结构产生了陌生化的审美效果。同时,有着不同形式、意义的字词看似随意地被简单拼接,却在意外闯入读者的阅读期待视野后,

---

① 苏涛,郎伟.在生命的纵深处渗出光亮:2017 年宁夏中短篇小说创作述评[J].朔方,2018(5):162-168.

使之不自觉地产生了"云里雾里"的幻觉,令人摸不透作家为何要如此架构语言。经过短暂的思考,便会恍然大悟,意识到这是作家的精心安排。

作为一个视野与胸襟异常开阔的作家,张学东不仅仅满足于中国传统文化单面相的审美景观,故在其努力承继先辈们馈赠给我们的丰厚文化遗产的同时,还积极努力地学习外来的优秀文化。尤其是对外国作品写作手法方面的借鉴钻研,在其小说中更是俯拾皆是。由于作家天资聪颖且大量汲取了中西方混合的文化"营养套餐",其小说在有意识地体现中国特色审美文化之余,也不乏西方审美文化元素的频繁介入,文本逐渐呈现出越发多样成熟的审美面相,有着极强的美学张力,引发了众多读者的一致好评,也让大众对宁夏小说怀有更高的审美期待与追求。

新时期以来,宁夏作家审美意识的变化带动了小说审美主题与表达的流变,尤以审美表达中写作手法的变化最为显著。宁夏作家在小说中对现代写作手法的多重运用,使其在当下文坛焕发出全新的审美特性与独特的审美魅力,不仅昭示出作家积极向外来文化"取经"的宽广胸襟,还展露了宁夏小说日益丰满的审美面相,"作家应该在创作中竭力从多元文化中汲取丰富的元素,通过艺术创作与审美传达为人们揭示出有限符号世界的无限宽广意义。"①可以看出,在不久的将来,宁夏作家将会以更加笃实有力的步伐行走在更为宽广的文学道路上,进而创作出能更好贴合人民的实际生活、反映普通大众的心声、呼吁人们精神诉求的"良心之作",也将更好地融合传统与现代写作手法各自的特质,投射到小说文本中,呈现出更加多样的审美景观。宁夏小说的蓬勃发展前景值得大众共同期待。

---

① 马慧茹.当代回族作家文学创作中的文化认同[D].西安:陕西师范大学,2015.

结　语

　　新时期以来，宁夏文学取得了不凡的成就，作家相继创作出大量精品之作，整体上也逐渐形成了具有宁夏地域审美文化风格的文学阵地。其中小说氤氲的美学气息业已浓郁成熟，在当下从审美层面对其展开研究是可行与必要的。本书全方位梳理了与宁夏小说相关的研究成果，发现其审美维度的研究成果较少，同时也较缺乏审美流变维度的研究，较其丰富的审美阐释空间而言，稍显遗憾。

　　本书多向度探究了新时期以来宁夏小说的审美流变，同时结合了文学地理学、民俗学、审美文化学等相关的学科理论，综合运用了田野调查法、问卷调查法、面对面采访等多种研究方法，发现宁夏小说内蕴丰富、情感深沉。伴随着社会发展的急剧加速，多元文化的碰撞与交融快速催生出了其审美意义与情感的多样性，此时的关键在于把握其发展中审美机制的变化规律。故本书从审美意识、审美主题和审美表达三个维度分别切入小说文本，洞察其审美机制与流变趋向，不仅极大地激活了作家多样的文学创作、拓宽了宁夏小说多面相的审美视野，还有效地助推了宁夏文学的审美研究朝着更加深广处发展。基于这个维度，本书的研究价值也得到了一定程度的显现。纵观宁夏小说的相关研究成果，可以发现，本书在前人研究的基础上，尝试做了一些基础性的助推工作，使宁夏小说的审美研究产生了新的生发点与创造点，打开了其多维的审美视域空间，丰富了其审美意义与内涵，从长远意义看，本书着实起到了一定的作用与成效。

　　但是从全局看，客观来说，本书尚有继续研究的空间与必要，如在运用相关文艺理论阐释作品的内涵方面仍待加强；本书所关涉的作家作品还没有覆盖全面,需要进一步补充完善。此外,不容忽视的是,宁夏小说的创作热潮仍在继续,更多新的作品依旧处于酝酿生成阶段,从当代审美文化批评角度对其进行持续关注与评述皆是后续之事。

参考文献

理论著作类:

［1］陈植锷.诗歌意象论:微观诗史初探［M］.北京:中国社会科学出版社,1990.

［2］郎伟.负重的文学［M］.银川:宁夏人民出版社,2002.

［3］李生滨.宁夏文学六十年:1958—2018［M］.银川:宁夏人民教育出版社,2018.

［4］王贵禄.中国西部小说叙事学［M］.北京:中国社会科学出版社,2015.

［5］禹燕.女性人类学:雅典娜1号［M］.北京:东方出版社,1988.

［6］曾大兴.文学地理学概论［M］.北京:商务印书馆,2017.

［7］朱志荣.中国审美意识通史:史前卷［M］.北京:人民出版社,2017.

作家著作类:

［1］阿舍.乌孙［M］.北京:中国国际广播出版社,2011.

［2］查舜.月亮是夜晚的一点明白［M］.北京:人民文学出版社,2007.

［3］查舜.月照梨花湾［M］.银川:宁夏人民出版社,2012.

［4］郭文斌.吉祥如意［M］.银川:宁夏人民出版社,2008.

［5］郭文斌.农历［M］.上海:上海文艺出版社,2010.

［6］火会亮.村庄的语言:火会亮中短篇小说集［M］.银川:宁夏人民出版社,2005.

［7］火仲舫.花旦［M］.银川:宁夏人民出版社,2019.

［8］季栋梁.锦绣记[M].北京:北京十月文艺出版社,2017.

［9］季栋梁.上庄记[M].北京:北京十月文艺出版社,2014.

［10］李汉荣.李汉荣散文选集[M].天津:百花文艺出版社,2011.

［11］李进祥.换水[M].桂林:漓江出版社,2009.

［12］了一容.去尕楞的路上[M].北京:人民文学出版社,2006.

［13］了一容.沙沟行[M].银川:宁夏人民出版社,2016.

［14］了一容.手掬你直到天亮[M].银川:宁夏人民出版社,2008.

［15］马金莲.1987年的浆水和酸菜[M].广州:花城出版社,2016.

［16］马金莲.碎媳妇[M].银川:宁夏人民出版社,2012.

［17］马知遥.亚瑟爷和他的家族[M].银川:宁夏人民出版社,2000.

［18］漠月.放羊的女人[M].银川:宁夏人民出版社,2012.

［19］石舒清.底片[M].银川:阳光出版社,2012.

［20］石舒清.灰袍子[M].银川:宁夏人民出版社,2012.

［21］张贤亮.灵与肉[M].贵阳:贵州人民出版社,2013.

［22］张贤亮.绿化树[M].上海:上海人民出版社,2012.

［23］张贤亮.一亿六[M].贵阳:贵州人民出版社,2013.

［24］张学东.尾[M].郑州:河南文艺出版社,2017.

期刊小说类:

［1］古原.山顶上的积雪[J].朔方,2001(Z1):70-73.

［2］李进祥.二手房[J].广州文艺,2016(3):5-31.

［3］李进祥.干花儿[J].六盘山,2009(4):4-9.

［4］李进祥.花儿[J].中国民族,2015(4):74.

［5］李进祥.三个女人[J].朔方,2017(6):6-16.

［6］李进祥.亚尔玛尼[J].民族文学(汉文版),2019(2):110-193.

［7］了一容.一树桃花[J].清明,2020(2):139-144.

［8］马金莲.低处的父亲[J].长江文艺,2018(7):46-76.

［9］马金莲.局外[J].北京文学·中篇小说月报,2019(10):59-83.

［10］马金莲.通勤车[J].长江文艺,2020(5):4-17.

期刊论文类:

［1］白草.宁夏少数民族作家七人志[J].民族文学,2017(2):154-160.

［2］郭瑾.以血为墨:读张洁长篇小说《无字》[J].中国当代文学研究,2019
(6):89-93.

［3］贺绍俊.宁夏文学的意义[J].黄河文学,2006(5):121-122.

［4］郎伟.巨大的翅膀和可能的高度:"宁夏青年作家群"的创作困扰[J].
宁夏社会科学,2017(3):240-246.

［5］李生滨.丝路塞上:宁夏文学60年综论[J].丝绸之路,2019(4):58-
77.

［6］李志艳.美在空间:文学地理学之审美研究[J].绵阳师范学院学报,
2020,39(10):63-69.

［7］马慧茹.当代回族作家的文化认同与审美表达[J].武汉理工大学学报
(社会科学版),2016,29(4):741-746.

［8］宁雅娣.自由行走的生命之花:读阿舍小说集《奔跑的骨头》[J].黄河
文学,2014(9):123-125.

［9］牛学智.黄河文化与宁夏文学[J].朔方,2020(7):158-168.

［10］牛学智.文化城镇化与季栋梁小说[J].当代作家评论,2019(6):139-
145,124.

［11］彭学明.从三棵树到一片林:宁夏青年文学小说简述[J].小说评论,
2011(6):42-45.

［12］苏涛,郎伟.在生命的纵深处渗出光亮:2017年宁夏中短篇小说创作
述评[J].朔方,2018(5):162-168.

［13］苏涛.被点亮的魂魄:李进祥《亚尔玛尼》解读[J].民族文学,2019(2):
194-196.

［14］孙桂荣.可见与不可见:当前女性小说人物塑造的现实性分析[J].杭州师范学院学报(社会科学版),2004,26(1):84-88.

［15］王兴文.现实主义文学精神的民族表达:石舒清小说创作论[J].宁夏师范学院学报,2018,39(2):34-41,57.

［16］徐玉英.马金莲小说的悲悯情怀[J].北方民族大学学报(哲学社会科学版),2020(3):153-157.

［17］杨慧娟.想象与进入世界的多重维度:新世纪以来宁夏女作家小说创作观察[J].宁夏社会科学,2019(6):203-210.

［18］张富宝.宁夏文学六十年:历史、现状与问题[J].朔方,2019(10):154-170.

［19］张富宝.幽暗意识、诗性之光与自觉的写作:张学东长篇小说论[J].中国当代文学研究,2020(3):177-187.

［20］张学东.物什、意象与诗意:马悦短篇小说述评[J].中国当代文学研究,2022(6):205-208.

［21］张学东.虚构的危机与探索的方向:郭乔短篇小说述评[J].海峡文艺评论,2023(1):106-110.

［22］赵炳鑫.城市叙事的可能性表达:谈谈计虹的小说[J].朔方,2020(12):157-161.

［23］周福.20世纪末期宁夏文学中的西海固乡村地理意象[J].宁夏师范学院学报,2018,39(6):41-45.

硕博论文类:

［1］杜雪琴.易卜生戏剧地理诗学问题研究[D].武汉:华中师范大学,2013.

［2］海晓红.当代回族文学审美形态论[D].兰州:兰州大学,2014.

［3］李叶.蒙古族文学审美意象研究:以《江格尔》为中心[D].长春:吉林大学,2017.

〔4〕刘姣.新世纪以来宁夏女作家的小说创作〔D〕.银川：宁夏大学,2014.

〔5〕马慧茹.当代回族作家文学创作中的文化认同〔D〕.西安：陕西师范大学,2015.

〔6〕马秀琴.李进祥小说论〔D〕.银川：宁夏大学,2011.

〔7〕潘泠.汉唐间南北诗人对地域意象的不同形塑：以《乐府诗集》为中心〔D〕.上海：华东师范大学,2015.

〔8〕齐春娥.中国现代文学中的妓女形象流变〔D〕.保定：河北大学,2009.

〔9〕周亮.花儿的文学性与音乐性关系及传承研究〔D〕.兰州：兰州大学,2010.

报纸类：

〔1〕许峰.董永红小说读札〔N〕.宁夏日报,2023-07-31(8).

后 记

2024 年 3 月，我如往常一样一个人漫步在山师校园里，彼时紫叶李、玉兰、美人梅开得正艳，让人不经意想到《诗经》中的诗句"桃之夭夭，灼灼其华"。这鲜艳明媚的花色把彼时的整个校园都渲染成了一片醉人的"花海"，路过的行人无不驻足拍照，想着用手机来定格这个艳丽的春天、留存这份美好的记忆。后来我在家待了半个多月，等再次来到校园时，发现紫叶李的花早已残败，独剩下盘根错节的枯枝留存世间。回想起半个多月前那些娇艳的花朵、喧闹的人群，而此时已经人非物换，我不禁心生悲戚，但转念想到我也曾顺手拍了几张照片，想来也不曾辜负这春色吧。

有些事亦是如此，它们曾短暂且耀眼地出现在我漫长的人生旅途中，我也试图用一些方式来留存它们，借此证明它们在我的生命里留下了深刻印痕，因为难以忘却，所以它们永远不会被我遗失。恰如泰戈尔所说："天空没有留下鸟的痕迹，但我已飞过。"宁夏文学正如我学术天空中的一只"飞鸟"，我想以这本书来描刻它曾滑翔过的痕迹。

当代宁夏文学批评与研究是我这几年来专攻的研究方向，从 2018 年到 2024 年这七年时光里，我从来没有放弃过对宁夏文学，尤其是宁夏小说的相关性研究，本书则是基于我的硕士论文修改完善而成的。

一路走来，身边的众多师友都在不断问我："你怎么选择做地域文学批评与研究呢？从事地域文学的相关性研究，北上广深等地的文学研究价值与意义不是更大吗？宁夏不仅地域面积小，放眼全国，知名作家也不是很多，其价值又能大到哪里去呢？将来的学术发展空间恐怕不太乐观吧？"

面对外界充斥着的种种声音，我内心其实也深深认同。但我还是会在闲暇时间随手翻阅宁夏本地的一些期刊,关注宁夏作家们又发表了哪些文章。有时候看完他们的新作,我通常在啧啧称赞之余,也会有一些深深的遗憾。我想,自己也不是那种很有天分的学者,能够随时敏锐地捕捉到学术灵感。这几年我一直从事的也都是那些"吃力不讨好"的批评工作,这份工作在别人看来是耽误时间与精力,"不务正业",尤其在科研压力与日俱增的博士阶段。可于我而言,批评未尝不是一种"有情的写作",它能够随时与我的个人情感、个体生命产生隐秘的情感连接。每当我投身于当代文学批评时,就深感自己是一个幸福的人,人生中的所有烦恼就会抛诸脑后。

　　本书的完成得益于我身边的众多师友,再次感谢我的博导孙桂荣、硕导马慧茹两位老师在我求学路上的大力支持。如若没有她们的提携与扶持,我也很难在学术这条路上继续走下去。我还要感谢一下我的父母,没有他们在背后的无私奉献,这本书也不会顺利完成。当然还要感谢东南大学出版社的邹垒主任和褚婧编辑两位老师为这本书所付出的心力。希望这本书的出版是我以后继续从事当代宁夏文学批评与研究的一个新起点,我一定会继续努力,不负各位师友对我的殷切期望。

2024 年 6 月 3 日于济南